俺たちのクエスト

Our quest

～クズカード無双で異世界成り上がり～

みかみてれん

Teren Mikami

口絵・本文イラスト
佐々木あかね

装丁
小沼早苗（coil）

Contents

プロローグ

さて、どの依頼を受けようか。

俺たちは冒険者ギルドのクエストボードを眺めていた。

たくさんの紙が貼り出されている。

すると横から細い腕が伸びた。その指先が一枚の紙を差す。

「これとかいいんじゃない？　町の近くに出現したワイバーンの討伐依頼だって。竜退治はお手の物でしょ？」

赤髪の魔法使いキキレアの言葉に、俺は首を振った。

いや、その前にだ。

「ゴブリン退治にしよう」

「なんでわざわざそんな低ランクのものを⁉」

銀髪の青年、シーフのジャックはうなずいた。

「そうだね、リベンジだね」

「ああ、今度は負けないぞ」

「なんなの⁉　負けたの⁉　ゴブリンに⁉　あんたたち、ドラゴン倒したことあるんでしょ⁉　なのになんでゴブリン退治なんかに情熱燃やしてんの⁉」

うるせえなこいつ。

「人には譲れない矜持《きょうじ》というものがある」

「己の敗北感を乗り越えてこそ人は成長するんだ」

「マサムネ、ジャック、あんたらどんだけゴブリンに恨みがあるのよ！」

はあああああ、と大きなため息をつくキキレア。

こいつはさらに隣に立つエルフのアーチャー、ナルに助けを求めた。

「ねえ、ナルルースもなんとか言ってよ。この私、S級冒険者の雷魔法使いキキレア・キキさまが今さらゴブリン退治だなんて、世界の損失だわ」

「えへへ……あたしはマサムネくんについていくだけだからー」

「ぐぐぐぐ」

可憐《かれん》に頬をかくナルに拳《こぶし》を握り締めるキキレア。

仕方ないな、そろそろなだめてやるか。

「そうだぞ、キキレア。だいたいお前、今は低級の火魔法しか使えないんだからゴブリン退治ぐらいがお似合いだろ。身の程をわきまえろよ」

「はあああああ⁉」

キキレアは冒険者ギルドに響き渡るような大声で叫ぶ。

「べ、別に大丈夫だし！　あんたが私を舐《な》めているんだったら、なんだったらひとりでゴブリンぐらい退治してきましょうかー!?　ねー!?」

「そうやってパーティーを離れてひとりでゴブリンの退治にいったら、確実にオークが待っているぞ。やめとけ、捕まって餌食《えじき》になるのがお約束だぞ」

「どういう意味なのよ！」

「涙にぬれながら着ているローブをビリビリに破られて、絶望の中お前は思い返すんだ。『ああ、あのときあんなことをマサムネに言ったから、こんなことになっちゃったのね……。私、なんてことをしてしまったの……。やだやだ、だめだよ、そんなに大きいの、絶対に無理だよぅ……！』と」

「ちょ、ばか、あんたっ……」

意味を理解したらしいキキレアが顔を真っ赤にした。

「そして永遠に助けはこない。もはやお前はただひとり快楽の海に落とされて、なにも考えられなくなり、肉欲の果てに生涯をオークの苗床で終わるのだ」

「不吉なこと言わないでよ！　私、絶対にひとりでゴブリン退治になんていかないからね！」

両手で杖《つえ》を握り締めてぷるぷると震える。

そこに、ナルがニッコリと笑いかけた。

「大丈夫だよ、キティー！　もしそんなことになっても、マサムネくんが助けてくれるから！ね！」

「なんないわよ‼」


俺とナル、ジャック、それにキキレアを加えた四人が今のパーティーメンバーだ。

さ、それじゃあゴブリン退治に向かうとするか。

俺はギルドの受付に歩き出そうとして、振り返る。

「にゃ〜ん」

そこには毛並みの美しい白猫が一匹、こちらを見上げていた。

俺の目をじっと見つめ、もう一度「にゃん」と鳴く。

そうだったな。

俺はその猫を拾い上げ、自らの肩に乗せて、頭を撫《な》でる。

お前も俺たちのパーティーメンバーだ。

「いくか、ミエリ」

「にゃん！」


これはいつか魔王を倒すかもしれない四人＋一匹の物語。

今はまだゴブリンにリベンジを誓うような、ポンコツだらけの冒険譚だ。

第一章　『人生の絶頂からどん底へ』

カードゲームには様々な『屑《クズ》カード』というものがある。

要因は様々だ。完全上位互換が出たり、新バージョンが出たことによってお役御免になったり、ルールの変更によって無用の長物となったり。

無論、全世界で最も加熱している二人用対戦カードゲームのひとつである、この『オンリー・キングダム』にも、屑カードは山ほどある。

ありとあらゆるカードが意味を持つと呼ばれるほど戦略性の高いオンキンだが、汎用《はんよう》性などを加味して、必然的に使われるカードというのは限られてくる。ロマンで遊ぶのならともかく、大会になればなおさらだ。

そんな中──。

「なぜだ！　なぜ！」

対戦相手は、狼狽《ろうばい》していた。

「なぜお前はそんな屑カードばかり、そんなレア度の低い屑カードを使って、──しかも、この俺を圧倒しているんだ⁉」

ここは近所のカードショップが趣味でやっているような大会ではない。

全国大会、しかもその決勝戦――。

ネット中継で全世界に公開され、数百万人が見守っているような、そんな大舞台なのだ。

そこで俺――藤井《ふじい》正宗《まさむね》は、ライトに照らされながら口元を緩めた。

「オンリー・キングダムのカードは多種多様だ。研究はまだまだ進んでいる。いったいどんな組み合わせがこれから生まれるのか、それは発展途上なんだ。ワクワクするだろう、まるで宝島だ」

俺は四枚の手札を持っていた。

さらに、場には三枚のカードが並んでいる。

巨大な弓を構えたエルフのアーチャー。両手に短剣を握るヒューマンのシーフ。そして、紫色のオーブが先端に輝く杖を持つ、偉大なるウィッチ。

いずれも、大したカードではない。

――だが、俺にとって大事なカードだ。

「そんな、スーパーレアよりも価値の低い、レアよりも価値が低い、アンコモンよりも価値が低い、コモンなんかの屑カードばかりで！」

対戦者は叫んだ。

こいつはなにも、わかっていない。

「カードの強さを決めるのは、価値じゃない。俺自身だ」

「ふざけるな！　ルールというものがある！」

「そうだ。もちろん俺は、ルールの上でも――勝つ」

ありとあらゆるカードの大会において、俺は『ゴミである』と烙印《らくいん》を押されたカードたちを使い、勝ちをさらってきた。

トレーディングカードの世界は非情だ。

強いカードは高値で取引される。はやりのデッキを組むためには多額のお金が必要とされ、貧乏人はたやすく駆逐されてしまう。

――そんなことはない。

どんなカードでも、利用価値はある。そのことを、俺が証明してみせるのだ。

俺のターンだ。

「【レイズアップ】」

この一枚で、次に繰り出すカードを強化。

さらに、次に繰り出す二枚のカードを融合。

「【ダブル】」

次に繰り出すカードの性能を変化。

「そして、【カスタム】――」

俺が次々と場にカードをさらすと、対戦者の表情は凍りついた。

癖のあるカードたちがそれぞれの欠点を補って、息を吹き返す。手札たちは最高のパートナーを見つけ出したように輝いた。この瞬間の快感が、たまらない。

三つの強化カードを配置し、そして繰り出すのはトドメの一撃。これでおしまいだ。

「これが俺の決定打《フィニッシャー》。オンリーカード、オープン。【――】」


その日、俺は優勝した。

◇◆◇◆◇

「正宗は、慎重派だなあ」と言われながら、育ってきた。

実際そうなのだろう。判断材料は無限にある。俺は後悔をしないように生きたいんだ。

衝動的に選んだときは、俺はいつも後悔をする。

八歳のクリスマス。店頭で見かけたロボットのおもちゃを衝動的にほしがって、ねだって買ってもらったときには二日で壊れてしまった。

計画を立てて、しっかりとレビューも見て、吟味した末に買ってもらった九歳のクリスマスのときのレゴブロックは、ずっと俺の宝物だ。

友達が持っていてほしくなった携帯ゲームは、買ってもらったけれどすぐに飽きた。

その戦略性に惚《ほ》れこみ、大事な貯金を崩して購入したカードゲームは、お金がなかったから、レア度《コモン》の低いカードしか買えなかったけれど。

しかしきょう、そのレア度《コモン》の低いカードばかりのデッキを駆使し、全国一位の座をこの手に収めた。優勝したのだ。

俺は浮かれていた。自分の人生が肯定してもらえたような気がした。

やはり何事もしっかりと判断し、計画を立てて、そして万全に準備するべきなのだ。

全種類のカードの能力を頭に叩《たた》き込み、そしてその対策を練り、常識に囚《とら》われず、あらゆることを想定して、俺は自分が最強であると証明してみせたのだ。


そして、優勝の余韻が残る大会からの帰り道。

――俺は車に轢《ひ》かれて、命を落とした。

道路に飛び出した猫を『衝動的に』助けてしまい、代わりに車に轢かれてしまったのだ。

享年十七であった。


「やっちまった……」

薄れゆく意識の中、俺の胸には後悔があった。

なぜもう少し、考えることができなかったのか。

車が迫ってきたあのタイミングで、飛び込むことの是非を問うべきだった。

助ける理由と助けない理由を無限に考え、さらに助けるのならばその方法を吟味し、精査するべきだったのだ。

――ただ、猫を助けることはできたのだから、まったくの無駄ではなかったのだろう、な。

それにしても、悔しい。

死んでしまったことが、ではない。衝動的に行動してしまったことが、だ。

『――……なたは……』

失われてゆく命の中――声がした。

俺の頭の中に、鳴り響く、声が――。

『――あなたはカードにおいて、誰にも負ける気はありませんか?』

◇◆◇◆◇

「なんだろ、ここ」

死んだはずの俺が目を覚ましたのは、書庫であった。

背表紙になにも書かれていない本が、背の高い左右の棚に詰め込まれている。

なんとなく手を伸ばして一冊を引き抜いてみる。しかし中を見て、俺は眉《まゆ》をひそめた。

読めない。奇妙な文字で書かれたそれは、地球のものとも違う、まったく未知の言語であるような気がした。

そっと戻す。

「……俺、車に轢かれて死んだんだよな？」

俺が着ているのは制服だが、別にどこも破れたりはしていない。

でも、目を瞑《つぶ》れば、すぐそこまで迫ったダンプカーの迫力が思い出された。

冷や汗をかいて、目を開く。

「じゃあここは死後の世界ってこと、か？」

俺は書庫をぶらぶらと歩く。図書館などにありがちな、古い本の匂いや、舞い上がる埃《ほこり》などは微《み》塵《じん》もない。ここはとにかく清浄な空気が満ちていた。

俺は書庫をてくてくと歩く。ただひたすらに前に、前に。


どれくらい歩いただろう。入り組んだ迷路のような構造だから、すぐにはわからなかったが、書庫は信じられないほどに広かった。

何時間ぐらい歩いただろうか。もしかしたら、何日も歩いていたかもしれない。

こんなに広い書庫が、現実にあるはずがない。これは俺の夢か？

そんなことを思っていたとき。

――急に視界が、開けた。

本棚と本棚に挟まれた行き止まり。わずかに開けたその空間には、ひとつの長机があった。机の上にはうずたかく本が積み上げられている。

そして――。

「……」

娘がひとり、机にもたれかかっていた。

長い金髪の間から顔を見ると、彼女は信じられないほどの美人だった。

整った彫りの深い顔立ちは、俺が今まで見たこともないほどに端整で、美少女の持つ儚《はかな》さと美女の持つ色気を同時に併せ持つようだった。

頭が小さくて、肌は透き通るように白い。整った鼻梁《びりよう》から顎《あご》へとかけての緩やかなラインは芸術的であり、首筋から少し開いた胸元へと視線を動かせば、そのすぐ下にある大きなふくらみが静かに上下していた。

外国の女性か。一分の隙もないような美貌《びぼう》であった。

のだが。今は口の端からわずかに涎《よだれ》を垂らしながら、くーくーと寝息を立てている。

割と幸せそうな寝顔であった。

「あ、あのー」

俺が近づくと、彼女はバッと顔をあげた。

机の上に放り出していた両手をわちゃわちゃと動かし、信じられないものを見るような目で、こちらをじっと見つめている。

「ひ、人……！」

「あ、はい」

「本物、本物の人……人ぉ！」

彼女は机を飛び越えてきた。そのまま、抱きついてくる。

抱きつかれて、頬ずりされている辺りで、俺は彼女の肩を掴《つか》んで押し返す。

胸がむにょむにょと押しつけられていたし。恥ずかしいよ、きみ。

「はー、ようやく、ようやく来てくれたんですね……」

彼女はほんの少し恥ずかしそうに頬を染める。

そうして、胸元に手を当てて、こちらを見やってきた。

「申し遅れました。わたしは転生と雷の女神、ミエリって言います」

女神て。


話を聞くと、女神である彼女は死んだ人間を選《よ》りすぐり、その中から『才能』を持った人を他の世界に送り込もうとしていたらしい。だが、どうにも今まで、うまくいかなかったとか。

死者の魂を引き寄せる設定？　みたいなものが、あまりにも厳しすぎたため、誰も来なくなってしまったのだという。

だから、ずっとひとりきりだったらしい。

「あなたさまには、わたしと一緒に異世界に旅立ってもらおうと思っています。今、闇と光のバランスが狂ってしまって、創造神のお父様が困っているんです。なので、闇の王。すなわち——魔王を名乗る者を打倒、あるいはなんとかしていただこうと思いまして」

お前と一緒に魔王退治？　壮大だな、おい。

いやいや、そんなことをするような柄じゃないし、俺。

「でも大丈夫ですよ、マサムネさん、心配いりません。あなたさまには特別な力、才能が眠っています。あなたさまだけが使える、あなたさまだけの異能力。あなたさまの魂の中に眠る『覇業《オンリーワン》』を、今から目覚めさせます」

……おんりーわん？

「その力はまさしく千差万別です。肉体強化、能力解放、他者操作。あなたさまにはどんな力が備わっているのでしょうか。ふふっ、ワクワクしますね。それでは――」

おいおい、勝手に話を進めるなよ。

と、そんなことを言う暇もなく。

女神は両手を広げ、天を仰いだ。

「さあ、あなたさまの魂より現世に至れ！」

――次の瞬間、俺の胸の奥が熱くなった。

なんだこれ。今までに感じたことがないような胸騒ぎだ。魂の高揚――とでも言うのだろうか。

激しい熱は血流をたどって、右腕から飛び出した。

――それは光を放つ『一冊の本』だった。

ピカピカと輝き、ふわふわと手のひらの上に浮かんでいた。

これが、俺の魂の力？

掴もうとすると、その本は俺の手の中に出現した。念じるだけで出したり消したりが自由自在らしい。

ちょうどいい重みである。ふむ。装丁も綺麗《きれい》だな。ぺらぺらとめくっていると、ふと気づく。

あれ……これって、本じゃないな……。

俺にとっては、見慣れたもの。──『カードバインダ』だ。

「こ、これは……とてつもなく強い力を感じます……！」

ミエリの声が震えていた。

彼女は俺とバインダを交互に見つめている。

「あなたさまは、もしかして……」

「ん、んん？」

「い、いえ、なんでもありません。おそらくその中に入っているカードは、こちらです」

そう言って、彼女は本を突きつけてきた。

文字は見えないけれど、そこに描かれていたのはまさしく俺の持っているカードと同じ紋章だ。

炎のようなマーク中心に、太陽が見えるレリーフ。非常によく似ている。

いや、ていうか、これ……。

──オンリー・キングダムのカードじゃないか？

「恐らく、使うと特別な力を発動させられる、カードだと思います。本来はひとりの人に特別な力はひとつまでだと決まっているのですが、あなたさまに授けられた力は、その特別な力をカード化し、複数を同時に操る——そう、まさしく無限の力ですね……！」

ミエリはごくりと唾《つば》を呑《の》み込んだ。

「あっ、しかもこれ、マサムネさんの魂の成長に応じて、さらにどんどんとカードが増えてゆくみたいです！　すごい、すごい！」

ミエリは興奮していた。

「ひとりひとつしかない覇業《オンリーワン》を、束ねて自由に操ることができるバインダを持つだなんて……あなさまたはいったい何者……？」

「いや、ただの屑《クズ》カード使いだよ」

俺はよくわからず、首を振った。

バインダの中に収まっていたカードは、合計七枚。

オンリー・キングダムのカードのはずだが、見覚えがないな。俺がわからないということは、オリジナルのカードなんだろう。だがどんなカードでも、俺が使えば、それは無限の価値を持つ。しかも使用回数に『∞』のマークがついているじゃないか。

七枚のカードを、状況に応じて使い放題とは。そんなに強い能力をもらってもいいのか。

頼もしい限りだな、このバインダは。

ミエリは本とバインダと俺を交互に見比べる。

そうして、口元を嬉《うれ》しそうににやけさせた。

「よし、よし、これなら、これなら完璧《かんぺき》です……。思った以上です。これならわたしも、よし、よし、さあ、マサムネさん、さあ行きましょう。このわたしの司《つかさど》るもうひとつの力『雷魔法』が火を噴きますよ！　さあ！」

「待て、ミエリ」

俺は手を突き出した。

行く気満々のこの女に、先に言っておかなければならないことがある。

「待て、俺は嫌だ」

「嫌だ⁉」

愕然《がくぜん》とするミエリを見つめ、俺は重苦しく言う。

「ミエリ。俺はお前のことをなにも知らない。そんな相手と一緒に異世界で生活などはできない。信用ができないのだ」

するとこの女神は強調するように膨らんだ胸を張った。

「ふふっ、それはギブアンドテイクというやつですよね。大丈夫です、このときのためにわたしは色々と考えておきました。もはや理論武装は完璧なんです。わたしはあなたを生き返らせましたよ。だったら、あなたはわたしの試練を手伝ってくれてもいいじゃないですか。どうですか？　ぐうの音《ね》も出ない正論でしょう？　キリッ」

「ほう、押しつけがましい話だが、聞いてやろう。お前の目的を言え。試練とはなんだ？　それを乗り越えることによって、お前にどんなメリットがあるんだ？」

「え？　えっとぉ……」

途端にミエリの表情が崩れた。ミエリは、なんなのこの人、みたいな顔をする。

だが、あいにくだったな。そんな視線には慣れっこなんだ。

相手が美女でも俺は俺を曲げないぞ。

俺の人生で女子と喋《しゃべ》ったことなんてほとんどなかったからな！　特別扱いなんてできないぞ！

「女神は一人前になるために、ひとつの世界を救済しなければならないんです。そのために誰かひとり、パートナーを選んで地上に降り立つのがわたしの使命です」

「一人前になったらどういうメリットがあるんだ」

「えっ……えと、なんか、たくさん敬われたり、ちやほやしてもらえるようになったり……姉とか妹にバカにされなくなったり……」

「なんかすごい俗っぽい理由だな……」

というかこいつ、姉とか妹にバカにされているのか。

大丈夫なのか。いや、たぶん大丈夫じゃないよな。

俺の心の慎重さを司る脳細胞が、この先には苦難しか待っていないと告げている。

「わかった、じゃあがんばれよ、ミエリ」

「ちょっと待ってください!?」

俺が踵《きびす》を返すと、ミエリが腕を掴んできた。

「あなたはわたしのために力を貸してくださるんです！　ともに、ともに困っている現地人のために世界を救いましょうよ！」

「お前は自分がちやほやしてもらうとかのためにがんばるんだろ！」

「あれはちょっとしたジョークです！　それにほら、異世界ですよ！　異世界でいっぱいモンスターとか退治したりするんですよ！　モテモテになったりハーレム作ったりするんですよ！　男の子ってそういうのが大好きなんじゃないんですか⁉　ここにいたってたくさんの本があるだけですよ！　神々の言語で書かれているから、あなた読めませんよね⁉」

「本は大好きだ。だから大丈夫だ。時間はたくさんあるんだろ？　勉強していつかきっと読めるようになってみせるよ。任せておけ、ミエリ。じゃあお互い頑張ろうな」

「変な方向にポジティブ発揮しないでくださいよぉ！　ああもう、来たれ異世界への扉――！」

「なんだと⁉」

今度は俺が驚く番だった。

先ほどまではなかった、巨大な扉がせりあがってくる。ものすごい存在感だ。

ドアは開け放たれていて、扉の向こうには闇だけがあった。

「待て、待て！　まだ俺はお前と一緒に行くと決めたわけではない！　衝動的はだめなんだ！」

俺はミエリを押し返そうとしたが、――しかし、遅かった。

「や、ちょ、暴れちゃダメですってば！　もう！　あなたさまの未来にあまねく栄光をー！」

やけくそ気味に彼女が叫んだ、次の瞬間であった。

――俺の体は、扉の向こうに吸い込まれてゆく。

必死にもがいてみるが、しかし意味がない。

感覚がなにもかも消え去ってゆく中、俺の右手には柔らかな女の子の感触だけがあった――。

◇◆◇◆◇

――そして、だ。俺は今、地面に突っ伏していた。すごい衝撃と共に地面に叩《たた》きつけられてしまったのだ。ずいぶんと乱暴な転送方法だな……！

しかし、なんだここは。

薄暗い空に、真っ黒な大地。ごろごろと岩の転がった不気味な荒野だ。

こんな準備が足りない状態で外に放り出されるなんて、赤ん坊のとき以来かもしれん。

それよりも、ミエリはどこだ。一緒じゃないのか？

俺が辺りを見回せば、すぐ近くに白い衣を着た女が落ちていた。

女っていうか……。なんだこいつ、ガキか……？

俺の見ている前、少女――ていうか幼女――は、がばっと起き上がる。

「はっ、異世界！　ここは異世界ですね！」

ミエリをそのまま小さくしたような外見の子どもだ。

年齢は小学校低学年ぐらいだろうか。さらさらの金髪をなびかせて、青い瞳《ひとみ》であちこちを見回している。やや大きめの衣をかぶり、甲高い声でわめいている。

当たり前だが胸はぺたんこだ。幼女そのものだ。

「あっ、マサムネさん！　って、あれ⁉　マサムネさんすごく大きくなってる！　違う、わたしがちっちゃくなってる⁉　なんでわたし縮んでいるんですか⁉」

「俺が聞きてえよ！」

ぺたぺたと顔を触り、指先などを眺めて、うあああああと狼狽《ろうばい》する幼女。

マジで意味が分からない……。

幼女ミエリは慌てた顔で、周囲を見回す。

「それにしてもここ、どこなんですか……。ずいぶんとマサムネさんが暴れたので、降りる地点が狂っちゃったじゃないですかぁ」

「そうか。つまりお前のせいだな」

「えええぇぇ……」

細く長い悲鳴をあげるミエリ。

色々と問い詰めたいことだらけだったが、とりあえず俺は手のひらに力を込める。すると、すぐに輝いたカードバインダが現れた。

俺だけの覇業《オンリーワン》。中に入っていた七枚は、いったいどんな効果なんだろうな。早く試したいが、まずは安全を確保してからだ。

ミエリはきょろきょろしている。

「それにしても、うーん。町はどっちでしょうか。なんだかさっきから方向感覚が働かないというか、うまく力が使えないところですねえ、ここ……。書庫に閉じ込められている間に、光の力が弱まったのかなあ」

と——。

そのとき、幼女ミエリは信じられないものを見たような顔をした。

「あ、あのマサムネさん……」

「ん？」

「あ、あ、あれ……」

「なんだよ」

俺も一緒に顔をあげる。

お、城があるな。

なんだかあちこちが尖《とが》っていて、黒い輝きを発していて、かっこいい城だな。威厳というか、威圧感があるというか。あまり城に詳しくない俺も、心が震えるようだ。

しかしどうしてこんな荒野のど真ん中にあるのか。立地が不便だろうにな。

ミエリはうめいた。

「あれ、魔王城です……」

「……」

……。

……え？

第二章『あがめよ、我こそがタンポポ神なり』

さて。俺たちのスタート地点はどうやら、魔王城のすぐ近くだったようだ。

なるほど、話が早い。つまりこれから魔王を暗殺しにいくわけだな。

「……その魔王っていうのは、今の俺でも勝てるほどに弱いのか？」

「ムリですムリです、絶対ムリです。いくら覇業《オンリーワン》がすごいといっても、まだ全然育っていないレベル一のこの状態ではムリムリのムリです」

「お前、だったらどうしてこんなところに……」

「ま、マサムネさんが暴れるからでしょ!?」

「お前が俺を利用しようとするからだろうが！」

「そんなこと言われても、そのための転生の女神ですし！」

「だいたいなんで縮んでいるんだよ！」

「魔王城の近くは闇の力が強すぎて、わたしの光の力が発揮できないからなんですよお！　ここを抜ければすぐに体も元に戻りますしー！」

「どういう不思議生命体なんだよ……」

しかしそうか、この魔王城の周辺にいる限り、ミエリは縮んだままなのか。だったらここをすぐに抜け出して、町に向かうべきか。いや、でもそれも性急な判断か。

考えている最中、ミエリが俺をちっこい手でぐいぐいと引っ張ってきた。

「なんだよおい、ちびっこ女神。一緒に隠れんぼなんてやらないぞ」

「じゃーなーくーてー!」

声をひそめて怒られる。

無理やり岩陰に引きずり込まれた、その直後だ。

声がした。

「ンンー?　なんだァ?　ニンゲンの臭いがすんなァ」

近い。というか、俺たちが隠れている岩の真上だったりする。

下から盗み見れば、それは光沢のある鎧《よろい》に、鋭い刃が光る巨大な剣を持っていた。

トカゲの顔をした兵士だ。リザードマンか。

しかし、こういっちゃなんだが……。すごく、強そう……。

魔王城周辺だろ?　そりゃ徘徊《はいかい》しているやつらだって、ただの雑魚《ざこ》じゃないよな。そこに放り込まれたレベル一の俺。

いや、だがまだ絶体絶命には早い。なんといっても、俺には女神がついているんだからな。

ひそひそ声で、ミエリに耳打ちする。

(なあミエリ。相手はひとりだぞ。お前の得意な雷魔法で、あっさり片づけてくれよ)

（そ、それが……）

ん、どうした。

もったいぶっているのか、それとも俺と一緒に旅をするという確約をするまで、この事態を切り抜けようとしないつもりか！　ええい、なんて腹黒いやつだ。

（ここはあまりにも闇の力が強くて、わたしの魔法は全然使えないみたいで……）

（……）

幼女ミエリもおねしょがばれたときのような青い顔をしている。

絶体絶命だった。

トカゲ男はまだ「んー？　どこからだァー？」と間延びした口調で辺りを探っている。岩と岩の間に隠れている俺たちが足元にいることには、気づいていないようだ。

見つけるなよ、見つけるなよ……。

祈りながら、俺は思い悩む。

だったら今のうちに、こっそりと抜け出るか……。

（よし、ミエリ。俺が作戦を考える）

（さ、作戦⁉）

（ああ。無限の判断材料はないが、仕方ない。手持ちの分で考えるとしようじゃないか。ひとまずこうだ。あいつは俺たちの臭いがすると言っていた。ならば上着をここに置いて、俺たちはこっそりとあいつの睨《にら》んでいる方とは反対から脱出する。あいつが上着の臭いに気を取られている間に、

逃げるんだ）

（な、なるほど……っ）

よし、それでいこう。

俺は再び、上にいるであろうトカゲ男の様子を窺《うかが》う。

が、そいつはもう、そこにはいなかった。

なんだ、諦《あきら》めてどっかいっちまったのか。

安堵《あんど》のため息をついた、次の瞬間――。

「――見ィつけたァ」

岩場の陰からこちらを覗《のぞ》き込んでいるトカゲ男と目が合った。

トカゲの目って、こええのな。

「でぇえええい！」

「うおおおお！」

「ひいいいいん！」

トカゲ男はその剣の一振りで、俺たちが隠れていた岩をバターのように斬り裂いた。

なんつーやつだ！

くそ、これが初めての実戦か。さすがにカードバトルとは違うな、緊張感が半端ないぜ……。

のっしのっしとこちらに歩み寄ってくるトカゲ男。

ぺろりと舌なめずりをして、笑う。

「くくく、俺様に見つかるとは貴様たちも運がないニンゲンだな」

「なんだよ、よりにもよってボス級の敵かよ……」

俺たちはじりじりと後ずさりする。

「そうとも！　俺様はこの魔王城周辺の警備を任されている見回り班長、ドレイクさまだ！」

「見回り班長！　微塵《みじん》も強くなさそう！」

「なんだとォ!?」

まずい。怒らせてしまったか。

「あううう、マサムネさんんんん」

「いや、いいんだ、これも作戦通りだ」

「そ、そうなんですか!?」

パッとミエリの顔が明るくなる。

俺は口元を緩めた。

「まずはあいつを逆上させて、それから……」

「それから!?」

「それからのことはそれから考えよう！」

「!?」

絶望色に染まるミエリはさておき、ドレイクは徐々に間合いを詰めてくる。

走るか。しかし走って逃げ切れるのか……？

あいつの体は目測で二メートル弱。となると、歩幅も俺たちより広い。それに見回りを毎日やっているということは、足腰も丈夫なはずだ。だとすると逃げ切れる確率は……だめだ！

判断材料が足りん！

「まったく、ものを知らないニンゲンはこれだから困るぜ。このドレイクさまの恐ろしさを知らないとはな」

そう言うと、ドレイクは懐から小さな筒を取り出した。

なんだ、あれは……。

「まさか強大な魔力が込められているのか……？」

「くっくっくっく」

不気味に笑うドレイク。

ええい、この野郎め。

「そいつでなにをする気だ！」

俺が叫ぶと、ドレイクはさらに弾《はじ》かれたように笑った。

「こいつを天に掲げてドカンとするとな……。魔王城周辺にいるやつらが、全員ここに集まってくるのさ！」

「お前の実力じゃないのかよ！」

「仲間を集めるのも俺様の実力に決まっているだろうが！　この見回り班長ドレイクさまのな！」

「それは実力じゃなくて職務じゃないですか⁉」

俺とミエリが交互に叫ぶも、ドレイクは気にしていないようだった。

くそう。こいつに負ける気はしないが、あの筒を使われたら俺たちは一巻の終わりだ。どうにかしなければ……！

俺は頭脳をフル回転させる。ドレイクという男を分析し、判断するのだ。

この手持ちの判断材料でやるしかない――。

「出てこい！　バインダ！」

「むっ」

俺は手の中にバインダを呼び出す。

ドレイクはそれを見て、警戒を強めた。

「なんだ、それは……？　見たことのない力だな……。しかも、嫌な感じがするぞ……」

「ほう、見回り班長でも、気づくことができるか。この強大な光の力を！」

「むむ……！」

ドレイクは後ずさりした。

そうだ、こいつは俺が『実はまだ戦ったことがない』ということに気づいていない。

「俺がここで力を発動させたら、お前など消し炭も残らんぞ！　だが今の俺はここに潜入するまでに時間をかけてしまい、残りの魔力が少なくてな。帰ろうかと思っていたのだ」

なるべく尊大に見えるような口調で告げる。

さあ、さあ、とバインダを突きつけながら、である。

ミエリはものすごくハラハラしながらこちらを見つめていた。

だ、大丈夫だ。俺の判断に間違いはないはずだ。

「どうだ、ドレイク。お前はきっと名のある男だろう。ここで手負いの俺と戦って命を粗末にすることはない。再び相まみえるそのときまで、お前も精進するといい」

そう言って、ふっと口元を緩めた俺は、ちらりとドレイクの様子を窺う。

そいつは下を向いてぷるぷると震えていた。

よし……。俺はうまくやったはずだ……。

「なるほど、わかった」

ドレイクは静かにそうつぶやいた。

再び顔をあげたトカゲ男の目は、赤く染まっていた。

「だが俺も見回り班長に抜擢《ばってき》される前は、遠く南のジャングラで、百人殺しのドレイクと呼ばれた男。再びたぎったこの血を、ここで散らすことになるのも構わぬ！」

「えっ」

なんだこいつ、急に武人の部分を出してきやがった！

「魔王さまに仇為《あだな》す敵を、見過ごすわけにはいかん！　見回り班長ドレイク、推して参る！」

「ま、マサムネさん！」

「大丈夫だ！」

俺は幼女ミエリにしっかりとうなずく。

「これでこいつは仲間を呼ぶことはない！　あとはこの男を始末すれば、この場は切り抜けられるだろう！」

「な、なるほど！　さすがマサムネさん！　じゃあ倒す方法も」

「それは今から考える！」

「いいいいやああああああ」

俺たちは、剣を振りかぶり向かってくるドレイクから全力で逃げ出しながら、叫んでいた。


だめだ、逃げ切れん！

すぐに追い詰められた俺たちは、覚悟を決めた。

「ぜぇ、ぜぇ、い、いくぞ、ドレイク……！」

「……ニンゲン、ものすごい息があがっているぞ」

「俺はスーパー魔法使いだからな！　肉体は貧弱だ！　だが、お前を消し炭にするほどの魔力は残っている！　カードオープン！」

俺の願いにこたえて、バインダのページがめくれあがる。

ドレイクの顔に、怯《おび》えが走った。

さて、所持カードは七枚。そのうちの三枚は灰色になっていて反応がないので、実質四枚か。

この灰色になっているカードは、いつ使えるようになるんだろうな。名前も書いていないが。まあ、いいか。手あたり次第に叩《たた》きつけてやるぜ。

「来い、【マサムネ】！」

俺の名を冠するそのカードを引き抜き、空に掲げる。

すると次の瞬間、辺りに閃光《せんこう》が走った。俺を中心に風が発生し、砂埃《すなぼこり》が舞い上がる。

カードは魔力のようなものを引き寄せながら、手の中でその姿を変えてゆく。

それは刀となった。飾り鞘《ざや》に収まった一本の刀だ。

生まれて初めて持ったという気がしないほどに、その刀は手に馴染《なじ》んだ。

一振りするとともに鞘は消失し、代わりに黒光りする刀身があらわになる。

こいつが、俺の……力！

まさしくマサムネの名の通り——俺は刀を呼び出したのだ。

「おお、かっこいいです！」

「うぐっ」

ミエリは拍手し、ドレイクはおののいた。

「なんだその力は……、いや、それよりも、なんてかっこいい剣だ……！　ニンゲン、そのかっこいい剣をどうしようってんだ……！」

「ふふ、決まっているだろう！」

俺は刀をくるりと手元で回し、ドレイクに突きつける。

「このかっこいい刀で、お前をバラバラに引き裂いてやるんだよ！」

「ぐぐっ、構えもめちゃくちゃだし、明らかに素人《しろうと》丸出しなのに、しかしかっこいい……！　かっ

のテンションはおかしくなった。

「ははは、このかっこよさの前に死ぬがいい！」

高笑いが抑えきれない。ドレイクが明らかにビビっていたのもあるが、かっこいい刀を持った俺のテンションはおかしくなった。

だからこそ俺は普段ではやらないような、『衝動的』な突撃をしてしまったのだ。

それがまずかった。

「きゃーかっこいい！　やれやれー！　マサムネさんやっちゃえー！」

ちびっこ女神の声援を背中で受けた、その直後だ。

「うおおおおー！」

苦し紛れに振り回したドレイクの剣が、俺の愛刀マサムネに当たる。

それだけでこの刀は、ぽっきりと折れたのであった。

「……え？」

「は？」

「へ？」

俺とミエリとドレイクの声が重なった。

マサムネもろい……。

中ほどの刃に指を当ててみる。まるで切れる気がしない。なんだこのナマクラ。

ドレイクも居心地悪そうに佇《たたず》んでいるんだが……。

「ま、マサムネさん！　カードはまだまだありますよ！」

「ハッ、そうだった！　だったら今度はこっちだ！　【ピッカラ】！」

「うおう！」

「ぬあ！」

俺とドレイクが同時に叫んだ。

目の前が、すごく眩《まぶ》しい。

そうか、これは目くらましの覇業《オンリーワン》か。場面次第では十分に使えそうだな。

「マサムネさん！　マサムネさんの目が光ってます！　うわあ気持ち悪い！　なんですかこれ！」

「どうりで眩しいわけだよ！」

俺はバインダを地面に叩きつける。

なんなの、目を開けていられないぐらい眩しいんだけど。なんなの、俺の覇業《オンリーワン》……。これが、俺の魂の中から出てきた力……？

くそう、なんか落ち込んできたぞ。

ドレイクは俺がなにをしてくるのかわからないから、ずいぶんと警戒をしているようだ。

突然刀を呼び出したと思いきや、今度は目が光り出したんだからな。俺でもビビるわ。

目の光が弱まってきた頃、俺は改めてカードバインダを拾い上げる。

さ、次の一枚を放つか。

「お遊びはここまでだぞ、ドレイク……」

「ぐっ！」

天に浮かぶカードを見上げ、ドレイクは両手で全身を防御していた。

とにかくすごい魔力が渦巻いている。よし、これならいけそうだ。

「よ、よせ、やめろおおおおおおお！」

身を守ったところで、俺の覇業《オンリーワン》を受け止められるものか。

食らえ！

「オンリーカード【パン】！」

——俺とドレイクの間に、小さなパンが現れた。

焼きたてなのか、いい匂いが漂ってくる。

コッペパンだ。

……。

……はっ。

いかん、現実逃避するところだった。

俺は内心の動揺を必死に隠しながら、大仰に告げる。

「さあ、そのパンを食うがいい！　そうしたらお前の内臓は爆散破裂するだろう！」

「死ねえ！」

「くそがあ！」

ドレイクの刃《やいば》をなんとか避《よ》ける。

だが、背中がぱっくりと切り裂かれてしまった。いや、薄皮一枚といったところだろう。言うだけあって、凄《すさ》まじい太刀筋だ。俺のマサムネとは大違いだ。

いつまでも避けきれるようなものではないだろう！

「ちょ、ま、マサムネさん！　こんなところで死なないでくださいよ⁉　だ、だめですよ、ちょっと！　ここでマサムネさんが殺されたら、わたしひとりになっちゃうじゃないですかぁ！　やですよそんなのぉ！」

「俺だって死にたくねえよ！」

「ええい、もう！　こうなったらわたしが！」

ミエリが両手を前に突き出し、眉間《みけん》に力を入れる。

彼女の髪がふわりと舞った。

「──水の精霊、風の精霊、霊路に満ちよ、繋《つな》ぎ爆《は》ぜよ」

その詠唱を聞いたドレイクは、慌ててミエリを睨《にら》む。

「む、そこのガキも魔法使いか！　ぬかったわ！」

ミエリの周辺を、とにかくすごい魔力が渦巻いている。

よし、これなら今度こそいけそうだ！

「ギガサンダー！」

幼女女神はカッと目を見開き、呪文を放った。

次の瞬間、小さな指先から青い火花がジジジッと飛ぶ。それだけだった。タバコに火もつけられなそうだ。

「あああああ、やっぱり闇の力に覆われているから……」

ミエリは宿題を忘れた子どものように地面に突っ伏す。

もうだめだ。もうおしまいだ。

ドレイクはそんな俺たちを見て、ニヤニヤしている。

「名うての魔法使いたちかと思ったが、どうやら力をまったく使いこなせていないな。俺様の目はごまかせないぞ」

「――そいつは、どうかな」

だが俺はバインダを突きつけながら、堂々と胸を張った。

たとえ看破されたとしても、ここで余裕ぶっておけば、それで事態が好転する可能性は、ある。

そうだ、カードゲーム大会でもそうだった。どんなに打つ手がなくなった状況でも、無限の可能性があると信じるのだ。最後の瞬間まで、俺は勝ちを諦《あきら》めない――。

今度こそだ。

今度こそ、という願いを込めるのだ。

とにかくすごい魔力よ、渦巻け！

「オンリーカード……頼む」

「くっくっくっく――」

俺の手の中、一枚のカードが輝きを放つ。

「【ホール】！」

——次の瞬間、笑うドレイクの姿が消えた。

お、おお……。これが俺の、力……⁉

「や、やった⁉　やったんですか、マサムネさん⁉」

ミエリが嬉《うれ》しそうな声をあげた。

今のは、相手を一撃で抹殺するような、そんな強力なオンリーカードだったのか……？

いや、違う。

「ふざけるなー！」とどこからか声が響いてくる。

そう、ドレイクのいた場所にはぽっかりと穴が空いていた。

俺はいい加減ガンガンと痛む頭——おそらくＭＰの使い過ぎだ——を押さえたまま、その穴のもとにゆく。

ずいぶんと深い穴だが、このままだと脱出されてしまうだろう。

大体、三メートルほどか。穴の底でドレイクはぎらぎらと目を輝かせていた。

「ふざけるなよ、小僧。この俺様をこんなコケにしやがって、ここから脱出したら覚えていろよ。まずは小僧の指を一本ずつ切り落として——」

「【ホール】！」

「――アァァー！」

さらに落ちてゆく声がした。

俺はバインダを持ったまま、叫ぶ。

「【ホール】！　【ホール】！　【ホール】！　【ホール】！　【ホール】！　【ホール】！」

やがて声は聞こえなくなった。

いったい何回魔法を発動できたのかはわからないが……。だめだ、眠くてたまらない……。

ＭＰ切れだ……。

しかし、これで当分の時間は稼げるだろう。

俺は最後の力を振り絞り、ミエリに頼む。

「ミエリ……」

「ま、マサムネさん。目の下にすごいクマができてますよ！　今のうちです、逃げましょう！」

「頼む……」

彼女の手を握り、俺は告げた。

「この穴を、埋めてくれ……」

「……へ」

ミエリは砂遊びする園児のように、楽しそうにげしげしと穴の中に石や土を放り投げていた。

途中、穴の中から「もうやめて……」だとか「ひどい、こんなのひどすぎる……」だとか悲しい声が響いてきたような気がしたが、きっと空耳だろう。

しかし、なんなんだ、俺の手札は。これが今の俺の手札のすべてなのか……。

せめてどんなに弱くてもいいから、攻撃呪文のひとつやふたつ……。

とにかく、早いところマシなカードを手に入れなければ。

そんなことを考えながら、俺の意識は——眠りに落ちてゆく。

次に俺が目覚めたのは、洞穴の中だった。

◇◆◇◆◇

俺の額の上に、ぽちゃんと雫《しずく》が垂れてきた。

ゆっくりと目を覚ます。

「あっ、気がつきましたか?」

俺を覗《のぞ》き込んでいる顔があった。

きらきらと輝くような美貌《びぼう》は、幼女になっていても少しも陰りはない。こんなに美しい少女を見るのは、初めてだった。

彼女は大きな瞳《ひとみ》に涙を浮かべている。だがすぐに、その表情は安堵《あんど》へと変わっていった。

金髪の女神。ミエリだ。

俺をこの異世界に送り込んだ張本人であり、絶賛縮み中の女神であった。

「よかった、マサムネさんが死んじゃってたら、どうしようかって、わたし……」

「ん……、心配をかけたな」

「こんな魔王城の近くでひとり取り残されるとか、どう考えても最悪の状況ですもん……。マジで使えない覇業《オンリーワン》しか持っていないマサムネさんでも、いないと困ります……」

「…………」

こいつ……。手のひら返し早すぎないか？

まあ、いい。俺はゆっくりと、身を起こす。

「ここは、どこだ？」

「はい、さっきの場所の近くの洞穴です。とりあえず、マサムネさんを引きずってここまでやってきましたよぉ」

暗い洞穴の中、ぼんやりと光っているのは、ミエリの体だ。

さすがは女神だ。高貴さがにじみ出ている。

しかし、そうか、俺たちは……。

「魔王城の近くに転移して、それで……」

「は、はい」

「『ギガサンダー！』とか言ってマッチ以下の火花しか出せないようなちびっこ女神しかいないこんな状況で、洞穴に引きこもってゆっくりと死を待つだけなのか」

「待って、ねえ待って」

ミエリがくいくいと俺の袖《そで》を引っ張ってくる。

別に仕返しというわけではない。手持ちの判断材料から、現状を分析しているだけだ。

「おしまいだ。魔王兵たちの包囲など、突破できるはずがない。見張りの目をかいくぐりながら、近くの町に避難することなど不可能だ……。この洞穴が、俺たちの墓になるんだろうな……」

「そ、そんなこと、わたしがさせません！」

ミエリは立ち上がる。子どもの目線はちょうど座った俺と同じぐらいだ。

だが……。

「わ、わたしは女神の中でもエリート中のエリートです！　これしきの苦難、わたしの知恵があればなんとでもなります！　いいですよ、みせてあげますよ、この女神ミエリの実力を！　最高の作戦を考えついてあげますよ！　キリッ！」

「ミエリ、後ろ」

「え?」

洞穴の奥に、赤い眼が見えた。

ゆっくりと這《は》い出てくる。それは毛むくじゃらの四足獣であった。

角が生えていて、牙《きば》もあって……。

そうだよな、魔王城の近くに安心安全な洞穴が、そんな都合よくあるはずないよな……。

ここはこいつのねぐらだったんだ。

「ひ、ひいいいい！　わたしは食べても全然おいしくないですよぉ！」

「……やはり、ここが俺たちの死に場所なのか……」

「うわああああああん！」

引っついてくるミエリ。

だが、よく目を凝らしてみよう。

「いや、ちょっと待て、ミエリ」

暗闇に佇《たたず》む赤い眼の猛獣。それは、一匹のウサギであった。

三十センチほどの大きさだろうか。丸々と太って可愛らしいウサギだ。

「見ろよ、ウサギだぞ、あれ」

「え？　あ、ほ、ほんとだ！　ほんとだー！　もー、びっくりしましたよぉ！　なんだあ、ウサちゃんじゃないですかぁ、まったくびっくりさせてぇ」

と、ほっとした顔で手を伸ばすミエリの腹めがけて、ウサギが突進してきた。

体重の軽いお子さまミエリは、ぶっ飛ばされて床をごろんごろんと転がる。

「ひうう！」

「ウサギつええ……」

恐らくこのウサギは、魔王城の周辺で捕食される側の生物なのだろう。食物連鎖のピラミッドでいうと、ほぼ最下位の存在だ。

それでも体当たり一撃でミエリをのしてみせたのである。

魔王城周辺のレベルの高さがうかがい知れるな……。

「カードバインダ、オープン」

俺は手のひらにバインダを呼び出す。さてさて。

「ウサギが見境なく人を襲うはずがない。おなかが減っているのかもしれないな。来い、【パン】」

ぽわんと俺とウサギの間にパンが現れた。焼き上がり直後のパンの香りが、洞穴内を満たしてゆく。腹が減ってくるな。

俺は微笑みながらそのパンを拾い、ふたつに割った。

「な、食うだろ？　平気さ、毒なんて入っていない」

どうだ、この俺の、わたしは敵ではありませんアピール。

戦うだけが異世界での生き方ではない。ずっとそんなんじゃ、疲れちまうだろ。俺のほうから歩み寄れば、ほら、わかってくれるはずさ。

「怖くないぜ、大丈夫。ほら、あーんだ、あーん」

ちょこちょことウサギは寄ってきた。ほら、もう少しだ。大丈夫、怖くない、怖くない。

そしてウサギは助走をつけて、俺の腹に体当たりをぶちかましてきた。

痛《いて》え！　やりやがったなこいつ！

「ええい！　【ホール】！」

「ひやああああ！」

俺はすかさずカードを発動させる。

だが、落とし穴が発生する直前でウサギはひらりと避《よ》けやがった。代わりに金髪の幼女女神が落とし穴に吸い込まれていく。悲鳴がこだました。

「ちくしょうてめえ、よくもミエリを！　おらぁ、【ホール】！」

さらにカードを発動させるも、ウサギはまたも避けた。洞穴が落とし穴だらけになってゆく。

くっそう、こうなったら――。

ウサギが再びこちらに突撃してくる、そこにタイミングを合わせて。

「オンリーカードオープン！【ピッカラ】！」

間近で光を浴びたウサギは、たじろぐ。

ってかなんで俺もダメージ食らうんだよこれ！　眩《まぶ》しい！

「オンリーカード、【ホール】！」

今度こそどうだ。

よし、動きの止まったウサギは見事に穴の中に落ちたようだ。

俺はそこらへんから手頃な石を拾い、眩しくないようになるべく薄目で穴の中のウサギを見下ろす。こっちを睨《にら》んで獰猛《どうもう》な唸《うな》り声を出してやがる。だが、容易に脱出はできないようだな。

「あばよ、ウサギ……」

俺は全力で振りかぶり、穴の中に石をブン投げた。

初めての勝利だ――。

何度か投石を繰り返すと、突然勝手にバインダが開いた。

なんだなんだ？

バインダからは、光り輝く一枚のカードがキラキラと浮かび上がっている。

オンリーカードを発動させたわけでもないのだが……。

そう思った次の瞬間。

俺の頭の中に、何者かの声が響いた。


『異界の覇王よ――。其方《そなた》の勇気に、新たな力が覚醒《めざ》めるであろう』


それは不思議な声だった。男とも女ともつかない、あるいはただ単に上位者とだけわかるような、そんな声だった。

これはもしかして、新しいカードが手に入ったのか？　ウサギを倒したから？

いや、違うな、声は『其方の勇気に』って言っていた。

そうか、内なる力が目覚めたのか。モンスターを倒してレベルアップした、みたいなもんだな。

できれば、戦うための能力がほしい。火を放ったり、爆発を起こしたり、風の刃を作り出したりとか、そういうものだ。

いいじゃないか。ワクワクするな。

自分のお小遣いを出して、初めてカードを購入したような気分だ。

さあ、どんなカードが――。

現れたカードの絵柄が俺の前に開示される。

それは、花のマークだった。

――再び、声が響く。


『其方のささやかな魔力は、枯れた荒野に一輪の花を咲かせるであろう――』


カード名がバインダに記載される。

そこには【タンポポ】と書いてあった。

「……」

俺はバインダを開いたまま、スペルカードを発動させる。

「来い、【タンポポ】」

次の瞬間、洞穴の中に一輪のタンポポが咲いた。

それは見る者の心を和ませるような、それでいて健気《けなげ》な、荒野に咲く強い花だった。

「あ、タンポポ！」

穴から這い出してきたミエリが嬉《うれ》しそうに言うのと同時に、俺はバインダを地面に叩《たた》きつけた。

だからなんだってんだ屑《クズ》カードがああああ！

「とりあえず、この洞穴を拠点としよう」

ふたつに割ったパンを分け合い、俺は冷たい地面に座り込んだ。

「……この洞穴を？」

ぺたんと地面に座るちびっこは胡乱《うろん》げな目でこっちを見つめる。

俺は構わずにうなずいた。

「ああ。この荒野を見境なく歩いたところで、魔王領域から脱出できる見込みは少ない。だったら多くの情報が集まるまで、ここに引きこもっているべきだ。遠くを見つめていれば、町の方角がわかるかもしれないしな」

「えぇー」

ミエリはぶーぶーと口を尖《とが》らせた。

「こんな暗いところにいつまでもいるのはイヤですよぉ。わたし元の体に戻りたいですし。早くお外に出て、町にいきましょうよぉ。大丈夫です、適当に歩けばつきますってぇ」

確かに、辺りはぼんやりと光を放つミエリの肌で、かろうじて辺りが見回せる程度の環境だ。住み心地がいいとは、微塵《みじん》も言えないだろう。

それでもわざわざ危険を冒して、外を探索するよりはマシだと俺は思っている。今は判断材料がまったく足りていないのだ。

しかしそんな俺の態度を、ミエリは臆《おく》していると見たようだ。

「大丈夫ですよぉ、いきましょうって、一刻も早くここを脱出して、本来のスタート地点に戻りましょうよぉ。魔王領域を越えたら、わたしが転移魔法を使えますからね。一瞬ですよぉ」

転移魔法だと。それは初耳だな。

「どこにでも行けるのか？」

「いえ、最初の町だけです。一応登録しているのが、そこだけなので」

「そうか。かゆいところには手が届かないな」

「むぐっ」

痛いところを突かれたとばかりに口をつぐむちびっこ。

「お前にできることは、他にはなにがある？　転移魔法と雷魔法と、あとはなんだ？」

「わたしは転生と雷の女神ですから、それぐらいですよぉ」

「近接戦闘は苦手なんだな？　技能はなにかあるか？　魔力は無尽蔵か？」

矢継ぎ早に尋ねる問いに、ちっこい幼女はひとつひとつ思い出しながら答えてゆく。

魔力はほぼ底なし。だが近接戦闘能力は皆無。耐久値は人間並か。スペック的には完全に魔法使いだな。今は魔法が何も使えないが。

そんな女神を見て、俺はひとつの仮説を立てていた。

「なあ、ミエリ」

「……なんですか？」

嫌な予感がしたのか、わずかに身をよじるミエリ。

俺は問う。

「お前ってひょっとして、女神の中でも相当ポンコツなほうじゃないのか？」

幼女が目を剝《む》いた。

「はあ⁉　わ、わたしがそんなわけないじゃないですか！　なに言っているんですか！　わたしほど優秀な女神なんていないるわけないですよ！　お姉様にも妹にも、生まれてから一度も負けたことなんてありませんし！」この試練を乗り越えて、一人前だって認めてもらうんですし！」

「そこまでムキになるってことはお前、

「ああもう！　もういいです！　いいですもん！」

ミエリはすっくと立ち上がる。

子どもが癇癪《かんしゃく》を起こしたように、地団駄を踏む。

「それだったらわたしひとりでここを出ますよ！　わたしひとりで最初の町を目指しますからね！　マサムネさんなんてもう知りません！　マサムネさんなんてその手に入った新しい覇業《オンリーワン》を使って、この荒野をタンポポ畑にしていればいいんです！　闇を祓《はら》いに来たわたしが、こんな洞穴に一日中いるなんて耐えられませんもん！」

「そうか」

俺はただ一言そうつぶやいて、うなずいた。

「元気でな、ミエリ」

「うっ……」

ミエリは急にたじろいだように視線を逸《そ》らす。弱い。

「べ、別に、わたしひとりで闇を祓う旅に出てもいいんですけど……でも、その、どうしてもって
マサムネさんが言うなら、一緒に連れていってあげても……いいんですよ？」

「いや、俺はここで判断材料が揃《そろ》うのを待つ。達者でな」

「……こんな洞穴に？　太陽の光も届かないのに？」

「ああ、身をひそめるにはぴったりだろう」

「…………ほんとのほんとに、ついてこないんですか？」

上目づかいでこちらをじっと見つめるお子さま。その瞳《ひとみ》には、わずかに涙が浮かんでいた。

うむ、さすがの俺でも罪悪感が刺激されるな。

だが、こいつは別に本当にちびっこというわけではない。だから俺は、しっかりとうなずく。

「俺はこの洞穴にいる。お前がどうしても置いてくれと言うのなら、一緒にいてやってもいいぞ」

「うわーん！　マサムネさんのバカー！」

捨て台詞《ぜりふ》をはいて、短い手足をしゃかしゃか動かしながら走り去ってゆくミエリ。

俺はその小さな背中を、悠々と見送った。

いやはや、短い付き合いだったな。

だが、仕方ない。俺はその場の思いつきで行動をするなんて、真っ平だからな。

というわけで。

「さて、やるか」

立ち上がり、俺はカードバインダを呼び出す。

さっきの覇業《オンリーワン》で、わずかに眠気が襲ってきていたが、まだ大丈夫そうだ。使えば使うほどに、MPの最大値も増えるのかもしれない。これならいけるだろう。

「【ホール】」

俺が小さく唱えると、ぼこりと足元に穴が空いた。

立ち位置を変えて、さらに唱える。

「【ホール】」

少し眠気がやってきた。

再び唱える。さらに歩いて、唱える。

というわけで、疲れては休み、寝ては起き、俺は【ホール】を唱え続けた。

しかし、ひとりで作業をしていると、色々と思い出しちまうな。

俺は昔から、衝動的に行動しては痛い目を見てきた。小さい頃は本当にバカなガキだったな。

だが、いつからだろう。俺は頭を使うことを覚えた。

それはきっとほんの些細《ささい》な始まりだった。

たとえばドッジボールの時間。少しでも当たりにくい位置に立つだとか。ボールを受け止めやすい体勢で待つ、だとか。かくれんぼのとき、どこなら見つかりにくそうだ、とか。今いるメンバーの捜しそうな場所をあらかじめ分析し、それを予測しておくだとか。

頭を使えば使うごとに、俺は失敗しなくなっていった。

その代わりに、衝動的に行動をすることを、極端に恐れるようになっちまったんだけどな。

まあ、いいさ。

日が昇り、さらに沈んで、さらに日が昇った頃。俺の覇業《オンリーワン》によって作られた穴は、今や広い空間と化していた。

さらに愛刀マサムネで一生懸命土をこそいで作った階段つきだ。

下の空間に下りてゆくと、そこはマンションの一部屋ほどの大きさになっている。

覇業《オンリーワン》によって削られたものだからか、穴の床も壁もしっかりとしていて、これなら崩落は起きないだろう。

俺が作り上げた、拠点。俺の城だ——。

「よし、完成した」

俺はごろんとその場に横になる。

咲かせたタンポポが寝床代わりだ。ふかふかしていて、なかなか気持ちいいな。

掘っていくうちに湧き水が流れているのも発見したし、食べ物は無限のパンがある。

さて、ゆっくりと判断材料を集めようじゃないか。


全身ズタボロのちびっこミエリが泣きながら帰ってきたのは、その日の夕方だった。

ひどくつらい目に遭ったらしいので、特別にパンの半分を与えて「よしよし、ひとりでがんばれよ」と告げて追い返そうとしたら、こいつがテコでも動かなかった。

まったく、勢いよく出て行ったのは、つい一昨日《おととい》のことじゃないか。

俺はため息をつきながら、体育座りしてこちらに背中を向けているミエリに、つぶやく。

「だったら、土下座してごめんなさいしたら、入れてやるよ」

「ごめんなさいわたしが悪かったですー！」

女神のプライドはどこにいったんだ……。

その場に額をこすりつける幼女を見下ろしながら、俺は小さくため息をついた。

「まあ、俺も鬼じゃない。ほら、パンはたくさんあるぞ。きょうはパンだ、パンパーティーだ」

中に招いてやると、ミエリは目を丸くして驚いていた。

その瞳がじわっと涙で潤んでいる。

「マサムネさん、わたし、マサムネさんと地上に降りてきてよかったです……。マサムネさんの生活力すごいです……こんなことを考えつくなんて……えぐっ、ひぐっ……」

「お、おう。なんかウソみたいに従順になっているが、どうしたんだ。なにがあったんだ」

「パンおいしいです……。もう槍《やり》に追い回されるのはいやです……。パン、おいしいですぅ……」

……あまり触れないでやろう。

ミエリは泣きながら鼻を真っ赤にして、はむはむとパンをかじっていた。

こちらをチラチラしながら「あーマサムネさんのパンおいしいですー！　えへっ、えへええへっ！」とわざとらしく言ってきたりする。

よほど怖い思いをしたようだ。

ま、俺は空気を変えるように言う。

「よしミエリ。明日《あした》からまた部屋を作ろうじゃないか。今度はお前も手伝ってくれるよな?」

「わぁ、お手伝いさせていただきますぅ。わぁい、洞穴、ミエリ洞穴だいすきー」

「お、おう」

微妙な顔をして立ち上がる俺に、ミエリは小さくぱちぱちと拍手をしていた。

◇◆◇◆◇

ミエリとの洞穴生活も五日目になった。

拠点へと帰ってきた俺は、どっかりと居間の地面に腰を下ろした。

すると奥の台所と定めた部屋から、新妻のような笑顔を浮かべた幼女がパタパタと走ってくる。

「おかえりなさい、マサムネさん」

「ああ、ただいま、ミエリ」

俺は両手にどっさりと抱えた草を彼女に渡した。

「ほら、きょうのメシだぞ」

「わあ、草! こんなにたくさんの草! それにタンポポの葉っぱも! タンポポって食べられるんですよね! わぁいミエリタンポポ大好きー」

「いつものように頼む」

「はい、サンドイッチモドキですね、ご用意しますね！」

「ああ」

俺は満足してうなずいた。

彼女はミエリ。この地上に降りてきた幼女――もとい女神だ。

利発的でつぶらな瞳。金髪碧眼《へきがん》の容姿は、まるで天使のようだ。いや、女神だから天使よりもよっぽど上位の存在なのだろう。

小さな手足を動かして、一生懸命に作業を手伝ってくれる彼女は愛らしかった。

もし俺に娘や妹ができたら、こんな気持ちになれるのだろうか。

「うふふ、るんるんるん～」

鼻歌が台所のほうから聞こえてくる。

オンリーカードによって拡張したこの洞穴は、今や２ＬＤＫだ。間取りは非常に迷ったが、俺とミエリの部屋。居間。そして台所となった。

ほとんどが冷たい地面で、座り心地もよくはない。しかし今となってはもう慣れた。なによりも安全だしな。

それに……。

ちらりと奥を見ると、金髪を束ねて邪魔にならないように結んだ幼女ミエリの後ろ姿が見える。

やはり子どもはいいな。とても心が和む。外に出て、魔王軍の目を盗みながら草を引っこ抜いてくるのも、彼女のためならば怖くなかった。

ミエリは悪いやつじゃない。最初は打算的だったかもしれないが、今ではこんなに尽くしてくれている。きっとプレッシャーや使命感などで、がむしゃらになっていただけなのだろう。

ミエリは、なぜ自分が書庫にいたのかを、話してくれた――。

『わたしたち女神は一人前になるために、お父様――すなわち、創造神さまの命じた試練である、闇を祓うという偉業を達成しなければならないのです。そうして晴れて皆に認めてもらえるのですが……しかし、わたしはまだその試練を乗り越えていないのです。ですので、あの書庫でひとりきり、勉強を続けていたんです』

そう語る彼女は、暗い顔をしていた。

『けど、もう書庫に閉じ込められたままなのは、いやなんです……。目も疲れちゃいますし、話し相手もいないんです……。たまにはわたしだって羽を伸ばしたくて、それでマサムネさんについていこうって……』

ミエリは独りだったのだ。何百年も何千年も、だ。

寂しくて、つらい毎日を送っていて、心が病んでいたのだろう。

マサムネさんマサムネさんと身を寄せてくる彼女は、愛らしい。

ひとりで寝ているときにそばに来られると、小さな彼女を守らなければならないな、という気持ちが湧いてくる。

こんな俺が父性愛に目覚めるだなんてな……。

「ミエリ」

「はぁーい？」

彼女は光り輝くような笑顔で振り返ってくる。

こんな暮らしをさせているというのに、文句ひとつ言わない。なんて健気《けなげ》な子だ。

俺はゆっくりとミエリに近づいてゆく。

ミエリはまるで子どものように首を傾げていた。

「マサムネさん？」

「……ミエリ」

俺は彼女の細い肩にゆっくりと手を置いた。

柔らかい。それに華奢《きゃしゃ》だ。これが娘の感触か。いつまでも撫《な》でていたくなる。

ミエリは驚いたような顔で、俺を見返す。

そのつぼみのような唇が、ゆっくりと開いた。

「あの、マサムネ、さん……？　わたし……その……」

「あ」

そのとき俺は、唐突に気づいた。気づいてしまった。

「なんだこれ……」

「え？」

「臭い。ミエリ臭いわ」

「⁉」

完全に目が覚めた。俺はなにをしていたんだ。


「脱出しましょう！」

顔を真っ赤にして、ちびっこミエリは叫ぶ。

その前に、やや距離をおいて座る俺も、うなずいていた。

「本来ならば、その結論を導き出すにはもっと長い時間。それこそ、千時間の試行は必要だと思っていたが、しかしミエリの一大事だ。俺も早急に手を打つべきだと確信している」

「ううう」

「完全に失念してしまっていた。まさか女神も風呂《ふろ》に入らなければ、臭うようになるなんて……」

ふわふわの女の子は、いい匂いがするものだとばかり思っていた。

それが、ミエリがあんな……いや、ミエリのために言語化するのはよしておこう。

「た、たまたまなんです！」

ミエリは手をバタバタと振り回しながら、抗弁する。

「光の加護が届く場所なら、この女神の衣で汚れなんて付着しないんです！　わたし、肉の体で地上に降りるの初めてだから、色々と勉強してやってきたんです！　本来は大丈夫なんです！　大丈夫なんです！」

「う、うん」

ずいっと体を寄せてくるミエリから、同じだけ距離を取る。

それを見た幼女の目に、じわっと涙が浮かんだ。

「うううううう」

「まあ、うん、脱出しような。そうしたら思う存分、洗い流そう」

「な、なんで鼻をつまんでいるんですか⁉　言っておきますけど、マサムネさんだって同じですからね⁉　それでもわたしはずっと気にしませんよ！　気にしないようにしてましたよぉ！　なのになのに！」

「うんうん、そうだなそうだな」

わーわーと騒ぐお子さまを横目に、俺はカードバインダを出現させ、手持ちのカードを眺める。

脱出のためには、これらの屑《クズ》カードを手足のように使いこなすことが必須《ひっす》となってくるだろう。

しかし、灰色のカードはいつになったら使えるようになるんだ。俺の魂、いつ目覚めるんだよ、よくわからないな。

「とりあえず、抜け道を作れないかどうか、やってみるか」

もし【ホール】が自分が立っている場所の下を掘るのならば。

俺は地面に寝転び、まるで壁に立つようにして足を突き出す。

「ええっ？　ちょっと、マサムネさん急になにをしているんですかー？　それなんの遊びですかー？　変なのぉー」

口元に手を当てるミエリは、いたずらっ子のように憎たらしい笑顔を浮かべていた。

そうだよな、ミエリはこういう顔をしていたんだよな。

よかった。俺もようやく目が覚めたようだよ。

「【ホール】」

「ひゃあああああ！」

ち、ダメか。

ミエリが三メートル下に落下していっただけだった。

やはりホールは立ち位置ではなく、地面と垂直にしか穴を作ってくれないらしい。もし真横に穴を掘ることができたら、そのまま延々と横穴を作り続け、魔王領域を抜けたところで、地上に出ればいいだけだったのだが。

手でこの壁を掘るか？　いや、さすがに無理だな。それこそ何年がかりというレベルだ。

……仕方ない。外に出るしかない、か。

いいだろう。俺も覚悟を決めようじゃないか。

俺は汗水を垂らしながら穴から這《は》い出てくるミエリを横目に、人知れず拳《こぶし》を握るのであった。


そして——。

「あ、あのー……マサムネさん……？」

「わかっている」

俺とミエリは、荒野に並んでいた。

岩陰に隠れ、息をひそめ、さらに全身に食べ残しの葉っぱを巻きつけた完全なカモフラージュスタイルだ。

それなのにミエリはなぜか、怪訝《けげん》そうな顔をしている。

彼女は前方を見つめて、俺に小声でささやいてきた。

「……あ、また通りましたよ。今度は羽が生えた悪魔みたいな魔物ですね」

「そうだな」

その魔物を、俺は悠々と見送った。

よし、これでいい。

「あのー……今ので通り過ぎたの、四十八匹目なんですよぉ……？」

「わかっている」

当然のようにうなずく。

「俺は判断材料を集めているのだ、どの魔物がどんなコースで見回りをしているのか、それを今、頭に叩《たた》き込んでいる最中だ」

「……え、えっとぉ。それってあとどれくらいかかりますぅ？」

「そうだな。ハッキリとしたことは言えないが、少なくともあと二年はほしいところだな」

「!?」

俺のこめかみを汗が伝い落ちる。それをミエリは見逃さなかった。

「……あの、その、これは完全に邪推でして、こんなことを言うのもわたし、すごくはばかられるのですけれども……」

「うむ、言うのは構わないぞ。これからもどんどんと意見は言ってくれ。それが俺の判断材料になるかもしれんからな」

「マサムネさん、ビビってます？」

「ビビってないよ」

まったく、おかしなことを言うやつだなミエリは。これが子どもの浅知恵か。ふっ。

ミエリは半眼でじーっと俺を見つめている。

「マサムネさんってビビりだったんですね」

「違うよ、全然違うよ」

「すごいかっこつけていつも判断材料って言っているのに、用心深いのですらなくて実際はただのビビりだったなんて、わたしちょっと幻滅ですよぉ」

「待て、ミエリ、待て」

にやにやと口元を緩めるミエリを、俺は手で制する。

「それは解釈の違いだ。たとえば素っ裸で戦場を横断した男がいるとしよう。そいつが度重なる偶然と類《たぐい》まれなる幸運によって一度も敵に会わずに、ミッションを遂行できたとしよう。はたしてその男の行動は『武勇』だと言えるか？　お前がはき違えているのは、そこだ。ビビりは自らに怯《おび》え、チャンスを逃す。だが、慎重なのはあくまでも最悪の事態を想定しているだけだ。そこには勇気と無謀ほどの違いがある。わかったか？　俺は決してビビりではないということが」

「わかりました、ビビムネさん」

手と手をがっちりと組み合わせ、俺はミエリを地面に押し倒す。

このガキ、一回シメてやらねえといけないな。

ミエリは歯を食いしばりながら、必死に抵抗をしていた。

「だったら！　ほら！　ここでわたしとかいじめていないで、いきましょうよ！　ほら！　あの無限の荒野へ！　漕《こ》ぎ出しましょうよ！　ビビってないでー！　マサムネさんのー！　ちょっといいとこ見てみたいー！」

う、うぜえ……！

「……お前はここで俺が挑発に乗って『よしわかった、じゃあ行くぞ』とか言うのを期待しているのだろうが、残念だったな。俺の用心深さは筋金入りだ。その程度で危険を冒すとでも思っているのか？」

「そのていどできけんをおかすとでもおもっているのか？　キリッ」

「……」

「あ、痛い、痛い痛い痛い、マサムネさんそろそろ痛い、痛いんですけど背中、ゴリゴリと岩に当たってますよぉー。痛いんですよぉー」

くそう……。こいつと一緒にいると、ほんっとうに調子狂っちまうな……。

地面にミエリを押しつけたまま、俺は歯の隙間から息を漏らし、念を押す。

「いいんだな、お前。衝動的に突っ走った結果がどうなっても、後悔しないんだな……？」

「後悔もなにも、ただ荒野を抜けて走っていくだけじゃないですかぁ。大げさですよぉ、マサムネさん」

「お前だって数日前に泣いて帰ってきたばっかりだろうが！」

「わたしは一日前のわたしより、常に進化しています。昨日できなかったことだって、きょうはできるようになっています。キリッ」

キメ顔を作ってそう言う幼女に、俺は思わず脱力した。

こいつの泣きわめく顔が見られるのなら、このまま衝動的に裸で荒野に突っ込んでもいいかもしれないと思いつつあった。

くそう、仕方ない……。これも判断材料を集めるためだ。

歩き出すか……。

◇◆◇◆◇

マサムネがよからぬ考えに至っていた頃。

魔王城に最も近い街ロードストーンから、冒険者のパーティーが出発していた。

手練《てだ》れの冒険者である彼ら四人組は、十分な準備を整えて、魔王城へと向かっていた。

魔王を討伐するのが目的ではない。その周辺の兵を倒し、魔王軍の戦力を削《そ》ぐのが、主な任務だ。今、人族にできることは、その程度が精いっぱいなのだ。

「おい、フィン、いこうぜ」

「ん、ああ」

フィンと呼ばれた赤い髪の青年は空を見上げ、再び立ち止まる。

先にゆく三人を眺め、首をひねった。

「なんだか強い光の力を、魔王城の方から感じたけれど……まあ、気のせいだよね」

そんなはずがない。あそこはこの世界で一番闇の力が濃い場所だ。

なにかの間違いだろう。

「今いくよ」

フィンは小さくため息をつき、そして歩き出す。

足を踏み入れるだけで鳥肌が立つようなあの地に、向かわなければならないなんて。

まったくもって、——女神にでも力を貸してもらいたい気分であった。

◇◆◇◆◇

俺たちは、拠点からひたすらに南を目指すことにした。

ミエリによれば、南のほうが若干だけれど、闇の力が薄いらしいのだ。

空を飛ぶ魔物を警戒しながら、俺たちは少しずつ岩だらけの荒野を行く。こちらが先に魔物を発見し、そしてそのたびに岩に隠れるのだ。ドキドキするようなスニーキング・ミッションだな。

全身に葉っぱを巻きつけているし、姿勢も低く保っているので、そう簡単には見つからないと思うんだけどな。

移動速度が非常に遅いのが、難点だ。

「おっと、ミエリ隠れろ。魔物だ」

「はぁい」

岩場に身をひそめる俺たち。

今度は、羽の生えた鳥人間のような魔物だ。辺りを旋回した後、別方向へと飛び去ってゆく。

「へへ、ちょろいやつですね」

空を見上げながらにやりと笑うお子さま女神。

こいつもう、完全に調子に乗っているな……。

「魔王軍といっても、光の力すら感知できないような小物揃《ぞろ》いなんですね。もしかして人材不足なんでしょうか。これだったらわたしが降りてこなくても、マサムネさんひとりに任せてもよかったかもしれませんねー、えへっえへっ」

「判断材料が足りないのにそんな結論を導き出すのは早計だぞ」

「そんなけつろんをみちびきだすのはそうけいだぞ、キリッ」

「……」

「あっ、痛い、痛い痛い、ごめんなさい痛い、痛い痛い痛い」

ミエリのこめかみを拳でぐりぐりと挟んでいると、北側を魔物の兵士が見回りをしているのが見えた。

俺たちは頭を伏せる。やれやれ、さすが魔王城周辺だ。息つく暇もないな。

そして、難所はすぐにやってきた。


「……ここを越えるのか」

俺は岩場にひそみながら、うんざりした声をあげた。

今までなんとか見つからずに済んだのは、辺りが岩場の荒野だったからだ。

身を隠せるような岩がごろごろと転がっていたしな。

しかしここからは、見通しがよく、起伏の少ない荒野が広がっている。参ったな。

「こんなの一発で見つかっちまうぞ。ミエリ、まだ転移魔法は使えないのか？」

「闇の力はまだ届いていますね。たぶん、この荒野を越えれば、使えるようになるとは思うんですけど」

「ううむ」

あまりにもリスキーだ。

しばらく辺りを探索してみるか？　いや、それにしても見つかる危険性はあるんだ。ならここを突っ切った方が早いのは確か、か。

「ミエリ、進むべき方角はわかっているんだよな？」

「はい、百二十パーセントの確率で間違いなくあっちの方です」

指差すミエリを、今は信用しないわけにはいかないだろう。とても不本意な話だがな……。

手持ちの判断材料を総合すると、方法はこれしかない。

「よし、ミエリ。魔物にどれだけ効果があるのかはわからないが、ここで夜を待つ。それから出発だ。この荒野を突っ切るぞ」

俺はこの手にカードバインダを呼び出す。

それまでに準備を完了させておこう。作っておかないとな、大量のタンポポを。


ミエリに手伝ってもらって、俺はタンポポを編んだ二枚のシートを作り終えた。これをかぶりながら匍匐《ほふく》前進で進めば、上からの監視はやり過ごせるかもしれない。

さらに、こちらが先に地上の魔物を発見した場合は【ホール】を使う。その穴に隠れてタンポポシートをかぶり、しばしやり過ごすのだ。

うまくいくかどうかは賭《か》けだが、今のところこれ以上のことはできないだろう。

辺りには夜のとばりが下りてきた。

よし、いくか。

ちびっこ女神も口数が少ない。緊張感が張り詰めていた。

俺たちはタンポポシートを風呂敷《ふろしき》のようにかぶりながら、そそくさと走る。

遠くからは平坦《へいたん》に見えた荒野も、実際に歩いてみれば、結構デコボコしてたりするんだな。

ほんのりと輝く月明かりだけを頼りに、進む。

どこかに動く影があれば【ホール】を使い、その穴に飛び込んで息を殺す。

ＭＰにはまだまだ余裕がある。拠点を拡張したおかげだな。

このままうまくいけばいいのだが。

――だが、そういうわけにはいかなかった。

魔王軍には見つからなかったが、その代わりに厄介なものが絡んできたのである。

それは恐らく辺りの食物連鎖のヒエラルキーの下部に位置するであろう魔物。体長五十センチぐらいの、赤く光る甲殻を持つサソリだった。

「げ、なんだこいつ」

「ひ、ひい、追いかけてきますよぉ」

「ま、まあいい。俺には【ホール】がある」

ハサミを鳴らしながら追いかけてくるサソリを、落とし穴に突き落とす。

ウサギ相手にあれだけ苦戦したのだ。サソリと戦っている時間などない。尻尾《しっぽ》とかすごい毒がありそうだし。

しかし――。

「あ、あっちからも！」

「なにっ⁉」

見やれば、次から次へとサソリが現れて、俺たちを追いかけてくる。

くっそう、夜まで待ったのは失敗だったか！

「走るぞミエリ！　【ホール】！」

「で、でも、タンポポシートが邪魔で！」

「そんなのは捨てていけ！　囲まれたら殺される！　【ホール】！」

俺たちは全速力で駆け出す。

幸い、サソリたちは本気で走る俺たちよりはわずかに遅いようだ。

ミエリも小さな歩幅で精いっぱいがんばっている。いいぞお子さま。恐らく創造神の父親には見せられないであろうすごい必死な顔だが、いいぞ。

このままいけば撒《ま》けるだろう、が――。

「見ぃつけたぞぉおおお！」

空から降りてきた何者かが、俺たちの前に立ちはだかった。

それは巨大な剣を持つトカゲ男だ。

「ニンゲンども！　貴様たちにコケにされて、半日、土の中に生き埋めにされたこの俺、見回り班長ドレイクの借りを返す時が来たようだなあああ！」

くそ、こんなときに！

俺は足を止めずに叫ぶ。

「【ホール】！」

「おっと、その手は食わんぞ！　貴様の落とし穴の発生は、発動からほんのわずかなタイムラグがある！　来るとわかってさえいれば穴に落ちることはない！　生き埋めになりながら何度も何度もシミュレートしたからなぁ！」

叫ぶドレイクは、すぐにサソリの津波に巻き込まれていた。なにをしにきたかわからんやつだ。

いや、そんなことよりも――。

俺は頭上を見上げた。

そこには、ドレイクを運んできたと思《おぼ》しき、巨大な大鷲《おおわし》がいた。グリフォンか。

撃ち落とすとかなにかできればよかったのだが、こちとら手持ちに屑《クズ》カードしかないからな。

くそっ、もう完璧《かんぺき》に見つかったじゃねえか。

「走るぞ、ミエリ！　走って走って、このまま逃げるぞ！」

「ふぁあい！」

汗水垂らし、ぶんぶんと短い腕を振って走る幼女が一生懸命うなずく。

その直後であった。

ドーン！　と背後で凄《すさ》まじい音がした。

思わず振り返った俺が見たものは、サソリの群れを剣で吹っ飛ばすドレイクの姿だ。

なんだよあいつ、強いのかよ！

「バカにしやがってー！　この俺様の本気を見せてやるー！」

ドレイクは叫びながら、腕を天空に向けていた。

しまった、あれは――。

ぱしゅーっ、と闇夜に光の玉が浮かび上がり、そして中空で弾《はじ》けた。

辺りをまばゆい閃光《せんこう》が照らし、そしてすぐに暗闇を取り戻す。

「血祭りにあげてや――うぉわうあおあ！」

再びサソリにたかられるドレイクを眺め、俺は舌打ちをした。

あいつ、仲間を呼びやがった――。


力尽きるまで走っても、闇の力の影響下を抜け出すことは、できなかった。

あちこちから集まってきた飛行部隊が、俺たちを先回りする。

さらに槍《やり》や弓で威嚇してくる飛行部隊から逃れるように走ると、今度は後ろからやってきた地上部隊の魔物たちに追い立てられた。

あとは行く手をふさぐように、飛んでいた魔物たちが降りてきて――。

――俺たちは完全に取り囲まれてしまった。

「て、手間をかけさせやがってよお！」

全身をサソリの針だらけにしたドレイクが、俺たちを殺す気満々のまなざしで睨《にら》んでいる。

周りのやつらも、それにつられて殺気立ってやがるな。

三十匹以上の魔物の群れ。絶体絶命な状況。使える手札は、限られている。

「お父様、お母様、お姉様、フラメル、ああミエリはもうおしまいです……。先立つ不孝をお許しください……」

幼女女神は、泣きながら空に祈りを捧《ささ》げていた。

だが、俺は諦《あきら》めていない。カードゲームの大会でも、こういうことは幾度となくあった。次の相手のターンでの死が、決定づけられている状況だ。それでも俺はなんとか勝ちを拾ってきた。

少ない手札と口八丁でこの場を切り抜けて見せる。

そっちが俺を追いかけまわしている間に、俺はもう作戦を練り上げていたんだ。

お前たちのターンには、させない。

「魔王軍よ、聞くがいい！」

カードバインダを掲げ、兵士たちに叫ぶ。

先手必勝――。

「――俺はタンポポの神！　タン・ポ・ポウだ！」

全員の目が点になった。


「正体を隠していたが、俺はニンゲンではない！　悪の神でも、善の神でもない、中立神だ！　ゆえあって、この地上に降り立った！　お前たちに危害を加えるつもりはない！」

冷たい風が吹き抜けてゆく。

ミエリがそっとつぶやいた。

「頭がヘンになったんですね、マサムネさん……。ああ、おかわいそうに……」

違う。

俺はバインダから一枚のオンリーカードを取り出し、魔王軍に見せつけた。

そこにはタンポポの絵柄が描かれている。

「俺の使命は、この荒れ果てた大地に一輪の花を咲かせ、そしていつかは一面のお花畑に変えることだ！　そのために、この地上にやってきたのだ！」

ざわざわと、兵士たちの話し声がする。

「なんだあいつ、やべえんじゃねえの……」

「おで、あいつと、かかわりたく、ない」

「もういいよ、うっとうしいから殺しちゃおうよ」

「だがあのカードからは凄まじい力を感じるぞ」

よし、いいぞ。

「見よ、【ピッカラ】！」

『うわっ！』

別のオンリーカードを唱えると、周囲のやつらは一斉に目を逸《そ》らした。

俺の薄目から、まばゆい光が漏れているのだ。

洞穴で何度も使っていたため、どうすれば眩《まぶ》しくなくなるのかは、すでに練習済みだ。

「な、なんだあの魔法は！」

「あんな魔法、見たことないぞ」

「いや、あれは魔法ではない！　このわしですらいったいなんの力なのか、想像もつかん！」

「もしかして、本当に神なの……？」

ミエリが顔を背けて笑いをこらえているのが見える。

「マサムネさんが、おかしく、おかしくなった……うぷぷぷ……頭おかしいこと言っているぅ……ぷぷぷぷ」

お前、あとで頭ゴリゴリの刑だからな。

魔王軍を悠々と見回し、俺は胸を張る。

「その証《あかし》を、今見せようではないか――。俺の力を、さあ、とくと見るがいい！」

俺の両目の光に照らされて、まるでスポットライトを当てられたようになにもない大地が浮かび上がる。

一同がごくりと唾《つば》を呑《の》み込み、見守る中。

俺は叫ぶ。

「オンリーカード発動――【タンポポ】！」

そこに、ふわりと一輪の花が咲いた。

こんな大地にも、健気《けなげ》に咲く黄色い花。そう、――タンポポだ。

魔王軍たちの間から、歓声が沸き上がった。

「タンポポだ！　本当にタンポポが咲いたぞ！」

「こんな闇の力で覆われた荒野に、タンポポが咲くなんて！」

「いやっほう！　なんてかわいいタンポポだ！」

「おで、タンポポ、すきだ」

だがそこに水を差す男がいた。

ドレイクだ。

「ふざけるなよ！　なにが神だ！　お前の体からは確かにニンゲンの臭いがプンプンするんだよ！　いい加減にしろ！」

「だがドレイク班長。今のあいつらからは、獣臭さしか感じないぞ」

それはしばらく風呂《ふろ》に入っていなかったからだな。

さらに、魔法使いのような帽子をかぶった少女が、ドレイクを手で制す。

「待って、ドレイク。あいつらからは光の力を感じるわ。もしかしたら本当に、ニンゲンじゃないかもしれないよ」

「ナニッ⁉　タンポポの神だとでもいうのか⁉」

もちろんだ。

ここにいるミエリは、正真正銘のポンコツ女神である。

ミエリは腕まくりをしながら、その少女を睨みつける。

「ちょ、ちょっとちょっと、誰がタンポポの神ですかぁ！　わたしは神界を総《す》べる創造神であるお父様の娘、転生と雷を司《つかさど》る女神ミエ――むぐっもがが」

ミエリの口の中に、作り出したパンを詰め込み、俺は穏やかな表情で両手を広げる。

「さあ、君たち。そこをどくがいい。俺の使命はこの大地に花を咲かせること。争い事は好きではないのだよ。さあ、さあ」

俺が告げると、魔物たちは「どうしよう」と顔を見合わせていた。

よし、このまま押し切ればいける――。

しかし、やはりこの男が立ちはだかった。

「そんなもん、認めるわけねえだろうが！」

顔を真っ赤にしたドレイクだ。

「なにがタンポポだ！　なにが神だ！　だったらどうして俺を生き埋めにしたんだ！　それに最初に魔法使いだって名乗っていたじゃねえか！　たった一輪だけタンポポを咲かせただけで、うさんくせえんだよ！」

そう言った途端、辺りには「確かに……」という空気が流れ出す。

くそ、細かい設定の齟齬《そご》にこだわりやがって。

こいつをどうにかしないことには、包囲網を脱出することはできないようだ。

俺は手のひらを突き出す。

「あのときは悪かったな、ドレイク。だが神界からお忍びでやってきた以上、名乗るわけにはいかなかったのだ。それにどうだ？　こんな芸当が魔法使いにできるとでも？　【タンポポ】！」

ぽんっと、なにもない荒野にタンポポが咲く。

それを見た魔王軍からの「タンポポ！　タンポポ！」コールだ。

どうだドレイク。ニンゲンに罪があっても、タンポポには罪がないだろう。

この状況で、お前が打てる手は、あとどんなものがあるというのだ――。

と、目が合った。

ドレイクはにやりと口元を緩めていた。嫌な気配がする。

「だったら神様よ。そんなチンケな手品じゃなくて、もっと盛大に、ばーっと花を咲かせてくれないかねえ」

「……なんだと？」

「一輪ずつだなんてまどろっこしいことはしないで、辺り一面をお花畑にしてくれって言っているんだよ！」

こ、こいつ……。なんてことを言い出しやがる。

俺の【タンポポ】は、たった一輪だけ花を咲かせるカードだ。それ以外のことは、できない。

「どうしたんだよ、おい、タン・ポ・ポウ。できないっつーのか？　タン・ポ・ポウ。神様なのに、たった一輪ずつ？　それっておかしくねえか？　タン・ポ・ポウ」

「……いや、闇の力が強いこの辺りでは、ひとつずつ咲かせるのが精いっぱいでな」

「中立神なんだろ！　だったら関係ねえじゃねえか！」

「まだ地上に力が馴染《なじ》んでいないのだ！　そのうちたくさんの花を咲かせるようになるだろう！」

俺が怒鳴ると、ドレイクはにやにやとしていた。

……なにか、まずいことを言ったか？

「だったら復活するまで待ってやるよ！　おい、こいつらを捕まえろ！　牢屋《ろうや》にぶち込むんだ！　本当に神様だとわかったら、出してやるよ！」

「なにぃ！」

くそっ！　まさかそんなことを言い出すとは！

魔物たちがじりじりと輪を狭めてくる。

「ああ、安心しな、タン・ポ・ポウさんよ。もしニンゲンだったとしても、殺しはしないでやるよ。手も足も切り取って、一生タンポポを咲かせるだけの生活になるがなあ！」

「――っ」

だめだ、追い詰められた。

必死に【タンポポ】を連打するが、こいつらはもう聞いちゃいねえ。

パンを呑み込んだミエリはさっきからなにかをぶつぶつつぶやいているし。

もはや打つ手は残っていないのか。

捕まったら脱出の目はあるまい。手持ちの屑《クズ》カードじゃどうにもならない。

くそう。こんなところで死んでたまるか。

なにか手はないのか。なにか――。

そう強く願った瞬間。

――俺の頭の中に、声が響いた。

『異界の覇王よ――。其方《そなた》の機転に、新たなる力が覚醒《めざ》めるであろう』

開きっぱなしだったバインダに、一筋の光が落ち、辺りを輝きで照らす。

それは灰色に染まっていたカードに、色を与えた。

使えなかったはずのカードに、絵柄が浮かび上がる。

――【レイズアップ】

『其方のささやかな願いは、あらゆる覇業《オンリーワン》を光の力によって増幅させるであろう――』

来た。俺の新しい力だ。

それがまさか、オンリー・キングダムの基礎カードである【レイズアップ】とはな。

ピッタリじゃないか。こいつを待っていたんだ。

ありとあらゆるカードの効果を増幅させる能力、【レイズアップ】。これはどんなカードとも組み合わせることができる。オンリー・キングダムの基礎であり、そして奥義とも言えるカードだ。

こいつさえあれば、俺は負けない――。

凄《すさ》まじい魔力を感じたのか、魔物たちは俺を遠巻きに警戒している。

俺はバインダを持ったまま、彼らを見返した。

――よし。

「いいだろう、それでは見せてやるぞ、ドレイク」

「ああ⁉」

「俺を疑ったことを、後悔するがいい。神の御業《みわざ》を、とくと味わえ！」

俺がカードを手に持つと、一気に倦怠感《けんたいかん》が襲いかかってきた。

今までの比ではない。気を抜いたら意識が持っていかれそうだ。なんて大量の魔力を消費するんだ、このカードは。

——だが、それだけの力はあるってことだろう。

【レイズアップ】の使い方はわかっている。

同時に、もう一枚のカードを引き抜いた。

二枚のカードを掲げ、俺はそれを天に放り投げる。

「見せてやる！　これが俺の——タン・ポ・ポウの力だ！　オープン！　【レイズアップ・タンポポ】！」

次の瞬間、辺りにまばゆい光が走った。

土埃《つちぼこり》が舞い上がる。

魔物たちは皆、目を凝らしていた。

そして、そこにあった光景を前に、驚愕《きょうがく》した。

俺も驚愕した。ミエリも驚愕した。

それはまさに神の力と呼ぶしかないだろう。

なにもなかった大地には、全長二メートルほどのタンポポが咲いていた。

――デカくなるのかよ。


魔王軍たちは浮かれていた。

「すげえ、タンポポ神すげえ！」

「俺きょうからタンポポ神を崇拝するわ！」

「こんなにデカいタンポポ初めて見たな……」

ひとりの魔物がぽんとドレイクの肩を叩《たた》く。

「さすがにこれを見たら疑うわけにはいかないな、班長。神様の邪魔をしちゃいけないよ。魔王城へ帰ろうぜ」

「…………」

ドレイクはぷるぷると震えていた。

感動に震えているのか？　いや、違う。

ドレイクは突然、剣を掲げた。

「ふざけんなー！　なにがタンポポだ！　知ったことか、死ねえ！」

「おい！」

今までにドレイクを納得させられるだけの判断材料は与えたはずだろう！　なのになぜ斬りかかってくる！

これだから衝動的に行動するようなやつは、嫌なんだ！

「タンポポの神に狼藉《ろうぜき》を働くと、お前の腹からタンポポが生えてその内臓を突き破るぞ！」

「だったら今やってみろってんだ！　俺様は花なんてどうでもいいんだよ！」

くそう、どうすれば。

魔王軍たちは困ったような顔をしているが、しかし積極的に助けには来ないようだ。

タンポポのために命を投げ出すのはねえ……という顔をしている。

お前たちにとってタンポポはその程度のものだったのか！

さっきまでの歓声はなんだったんだ！

そんなとき、ずっとぶつぶつとつぶやいていたミエリは、急に顔をあげた。

「うん、うん、これなら、これならいけそうです！　この巨大タンポポ、強い光の力を感じます！

これなら！」

「ああ!?」

ドレイクと追いかけっこをしながら、俺はミエリを見やる。

その幼女はレイズアップ・タンポポの上に立ち、両手を広げていた。なにをする気だ。

ミエリの金髪がふわりと舞う。魔法の発動だ。

「輪転、無転、栄転、時転――。空と地の狭間《はざま》を繋《つな》ぎ、栄華の園を今一度、この手に――」

辺りに雷のような火花が散った。

いったいなにをする気だ――。

「――ゆきて戻らん！　ディバインゲート！」

その瞬間、ミエリの頭上にひとつの扉が生まれた。

あれは、俺がこの世界に連れてこられたときの――。

「マサムネさん、早く！　長くは持ちません！」

ミエリの髪が毛先から、急速に白くなってゆく。あいつは体の中のなにかを振り絞って、転移魔法を唱えたのだ。

ただでさえちびっこのくせに、無茶しやがって！

「大丈夫です！　わたしのこの小さくなった体も、光の力の影響下に入れば元通りのはずですから！」

「ああ、わかっている！」

「させるかぁ！」

「てめえ！」

あくまでも邪魔するつもりか、ドレイク。

だが無駄だ。衝動的に行動をした時点で、お前の負けだ――。

「いいだろう、ドレイク、やってやろうじゃないか。お前の体内に咲かせてやろう、死出《しで》の花を。

真っ赤に染まったタンポポをな！」

俺はカードを見せつけ、ドレイクに叫ぶ。

「【タンポポ】！」

「——グッ！」

ドレイクは身をよじる。

表面上はなにも変わったことは起きなかった。大地に花が咲くこともない。

だが、ドレイクは膝《ひざ》をついた。

俺はその横を駆け抜ける。

「き、貴様……」

そう、なにか起きたようには見えないだろう。

——実際に、なにも起こっていないんだからな。

体内に花を咲かせるなんて、できるかよ。

「じゃあな、ドレイク」

俺はミエリとともに、転移の扉へと飛び込んだ。

すぐに視界が暗転し、俺は虚脱感に包み込まれる。

上下左右に体が引っ張られ、シェイクされるような感覚の中、俺は意識を失ってゆく。

——さて、今度目が覚めたときは、どうなることやら。

◇◆◇◆◇

太陽の光がまぶたに突き刺さる。

夜が明けていた。

「……ん……」

どうやら、助かったらしいな。

空き地のような場所で目を覚ましたとき、俺のそばには一匹の美しい白猫がいた。

「にゃー！　にゃー！」とわめき散らしながら、その場を転げまわっている。

ずいぶんと騒がしい猫だ。

さて、元の姿に戻ったミエリはどこにいるのか。あの美人を見るのも久しぶりだな。

そう思いながら起きあがる俺の前、猫は地面をひっかいて文字を書いた。そうして何度も自分を指差している。

『　わたしミエリ　』

俺は猫の書いたその文字を覗《のぞ》き込む。

なんだこの器用な猫。さすが異世界だな。

……今度は、猫になってる。

◇◆◇◆◇

「あれ、フィン。なんか黄色いものが見えないか？」

「……ん？」

二番手を歩いていたフィンは目を凝らした。

しかし、荒野の先まで見通すことはできない。

「さすがに僕の目では、それほど遠くは見えないよ。エルフの千里眼かい？」

「そんなに大したものではないさ。少し目がいいだけだよ」

弓を背負ったエルフの男が肩をすくめる。

その四人のパーティーは、魔王領域を歩んでいた。

辺りを警戒しながら、散発的な襲撃を確実に撃退し、増援を呼ばれる前に叩き潰《つぶ》す。

彼らは手練《てだ》れの冒険者たちであった。

「しかし、先ほど魔物呼びの光が瞬いた割には、この辺りにはほとんど魔物がいないな。誰かが魔物を倒したのだろうか」

「でも冒険者ギルドでそんな話は聞かなかったよね？」

「だとしたら、魔物の手違いかもしれないな」

そんなことを言い合っていると、だ。

一番後ろにいた女の子が、どんと胸を叩いた。

「ま、どんな相手が現れたって関係ないわ。この大魔法使いキキレア・キキの雷魔法で、一網打尽にしてやるんだからね」

その言葉を聞いた青年たちは、苦笑する。

だが皆より二回りも小さな彼女が、この世界有数の魔法使いであることは間違いない。

あたし
ミエリ

齢《よわい》十七の天才魔法使い、キキレア・キキ。

その可憐《かれん》な容姿とは裏腹に、雷魔法を使わせれば、彼女の横に並ぶものはいないだろう。

「ああ、頼りにしているよ、キティー。君の雷魔法にね」

「まっかせなさい。世界中の誰よりも私が強いってことを証明してみせるわ。芸のない火魔法や破壊力で劣る水魔法、器用貧乏な風魔法なんかには、絶対に負けないいんだからね！」

どんと胸を叩くキキレア。

一同は進軍を続ける。

そこで信じられないものを見た。

——そこには、一輪のタンポポがあった。

しかし、そのサイズがおかしい。二メートルぐらいあるのである。

『……』

一同は不可解そうに首を傾げる。

——なぜこんなところにタンポポが。

それ以外の言葉がない。

『この地にタンポポの神、タン・ポ・ポウが舞い降りたのだ』という噂がまことしやかにささやかれるようになるのは、それからそう遠くはなかった。

第三章　『町の危機とエルフの弓使い』

さてさて。俺とミエリが転移した場所は、ホープタウン。またの名を、『旅立ちと希望の町』と呼ばれる町らしい。看板にそう書いてあった。その町の空地に放り出されたわけだな。

いつまでも寝ているわけにもいかないので、あちこちを見て回ろうか。

そこはＲＰＧの世界を彷彿《ほうふつ》とさせるような町並みであった。

車二台がすれ違えそうな幅の路面には石が敷き詰められており、立ち並ぶ家々もまた、石造りだ。ところどころには木も用いられているようである。

通りすがる人々は、胡散《うさん》臭いものを見るような顔でこっちを見やっている。

住人の衣装は色味の薄い簡素なものであった。明らかに現代日本で売っているデザインとはかけ離れている。さらに彼らの中には本物の革鎧《よろい》を身に着けていたり、剣を腰に下げている人もいる。

町をあげてのコスプレ大会？　いえいえ、違います。

うん、これぞ異世界。

対する俺はボロボロの学ラン姿だ。まあ浮くというか、目立つというか。

しかし、ようやく人の姿を目にすることができた。よかった、本当によかった。

もうパンだけの洞穴暮らしや、魔物に怯《おび》えながらのスニーキング・ミッションは嫌だ……。

早速なにかうまいものでも食べにいこう。久しぶりにタンパク質を摂取したい。

ああ、ここらへんは商業区か。

屋台で焼いている串焼《くしや》きみたいなものの、匂いが漂ってくる。

俺の足元で、やたらと毛並みの美しい白猫も、にゃーんって鳴いているしな。きっと食べたいんだろう。

「あのー」

「はい、いらっしゃ……いらっしゃい！」

俺を見てわずかに言葉を止めた店主は、しかしにこやかな笑顔を見せてくる。

串焼きを一本くださいな、と声をかける。

すると。

「はい、銅貨二枚だよ」

そんなことを言われて、俺は固まった。

……あれ、俺、お金持ってなくない？

店主の笑顔が鬼のような形相に変わった。

「……んだよ、冷やかしかよ！　小汚《こぎたね》え格好しやがって！　帰れ帰れ！」

「えっ」

もはや一週間近くもあの洞穴で着の身着のまま過ごした俺の格好は薄汚れていた。なんかもうボロッボロの有り様だ。道端でしゃがみ込んでいると、銅貨を一枚投げてもらえたほどだからな。やったー。あと一枚あれば、串焼きが食べられるー。

そうじゃない。

「お金？　お金ってなんだ、どうやって稼げばいいんだ……？」

俺は頭を抱えた。このままでは本日の宿にもありつけない。

俺はうつろな目でその場に座っていた白猫の首根っこを掴《つか》む。

「おい、ミエリ！　どうしてこんなことになっているんだ！　というかそもそもなんでお前は幼女の次は猫になっているんだよ！」

「にゃーん」

「くそっ、喋《しゃべ》れないのか！　ええい！」

大方、転移の魔法を使ったときに無茶をして、光の力を使い果たしてしまったとかだろう。

そのせいで、ついに人の形までも保てなくなった。そんなところか。

元の女神の体に戻るどころか、さらに縮んじまって……。どういう不思議生命体なんだよ……。

「ミエリ。お前、俺の言っていることはわかるんだよな？」

「にゃん」

白猫はうなずく。知能は残っているようだ。

「どれくらいで元の体に戻る？」

「にゃ～ん……」

わからないのか。ええい、どこまでも使えない女神め……。

しかし、金、金か……。

俺はミエリを見下ろしながら、腕を組む。

「にゃん？」

……こいつに芸でもさせるか。


「さあ、猫の火の輪くぐりだよ！」

「にゃあああああ！」

「世にも珍しいよ！　種も仕掛けもない！　ほら寄っといで！」

「ふにゃああああああああ！」

大通り。タンポポで作った輪に、銅貨一枚で買ってきた火打ち石で火をつけ、そんなことをやっていたところ、怖いお兄さんがやってきてしまいました。

「オイコラ、誰に断って見世物やってんねん、あぁん？」と脅され、俺たちは頭を下げて全力で逃げ出す。

場所を確保するにも、金がかかるのか！

だったら外で獣でも捕ってこようかと思ったが、町の出口に近づいたところで、門番に呼び止められた。

町から外に出るには、証明書が必要らしい。この町の住人であることを示すものか、あるいは冒険者カードだとか。出た人間と入ってくる人間は、全員分、記帳しているようだ。

ということは、だ。

一回外に出たら、もう二度と町の中には入れないのではないだろうか。

いや、入るためには証明書がなくても、通行料の銅貨二十枚があればいいらしい。

うんムリ。

いつ町に入ったのかもわからない俺は、門番にたいそう怪しまれながらその場を後にした。

……ちょっと待て、なんか雲行きが怪しいぞ。


こうなったら日雇いのバイトでも見つけて、きょうの宿代を稼ぐしかない。そう思った俺だが、しかし肉体労働ではとてもじゃないが戦力にならない。この世界にはどうやら、筋骨隆々の男たちがわんさかいるみたいだしな。

だったら算術が使えることをアピールしつつ、帳簿作成のバイトでも、と思ったのだが。そんな店は、薄汚れた身元不明のめちゃめちゃ怪しい俺を雇おうとはしなかった。

当然だ、俺だってそうする。

参った。仕事をするための服がない……。


道端で、もうとっくに食べ飽きたパンをかじりながら、俺は考え込んでいた。

……このパンを売るか？

いや、だめだ。どうせまた場所代を請求される。

それに俺だって、こんな小汚い格好をした男が売るパンなんて、どんなにおいしくても買いたくはない。せめてミエリが人の姿をしていれば、客寄せパンダくらいにはなったろうに。

「にゃーん」

お行儀よく座るミエリに、俺はため息をつく。

相手が猫では、怒りようもないな。

「なあミエリ、この町にペットショップとかないか？」

「にゃん？」

「全然関係ないんだけど、お前の毛並みって綺麗《きれい》だよな。こうして撫《な》でていると、すごく手触りがいい。きっとみんなも気に入るだろうな」

「に、にゃー！」

飛びのいて思いっきり威嚇してくるミエリに、俺は首を振る。

冗談だよ、冗談。……今のところはな。


あとどれくらいで日が沈むのかはわからないが、もう油を売っている暇はなさそうだ。

すべての判断材料は、俺にひとつの道を示している。

くっそう。魔王軍に囲まれて死にかけたばかりで、しばらく荒事は勘弁なんだが……。

だが、やるしかないだろう。このままでは貧乏に殺される。

「にゃーん」

後ろからついてくるミエリが、がんばれ、とでも言うように俺の足を前足でぽんぽんと叩《たた》いた。

俺はそんな女神を、優しい目で見下ろす。

「大丈夫さ、ミエリ。もしものときは、お前に助けてもらうからさ」

「……にゃぁん……」

ミエリはジト目で俺を見つめる。

ずいぶんと表情が豊かな猫だな。

そのときであった。勝手にバインダが開き、そこに一枚のカードが落ちてきた。


『異界の覇王よ――。其方《そなた》の決意に、新たなる力が覚醒《めざ》めるであろう』


お、おお。なんだなんだ、このタイミングで来るのか。いったいどういうことなんだ。俺がなんの決意をしたんだ。

あれか、この異世界で経験を積むと、少しずつ成長していって、それが一定値を超えるとレベルアップなのか。

いや、まあいい。どんな状況であってもカードが増えるのは嬉《うれ》しいことだ。

さあ来い。手から金を出すオンリーカードなど、大歓迎だぞ。

『其方のささやかな欲望は、その覇業《オンリーワン》によって叶《かな》えられるであろう』

バインダに新たなカードが収まる。そこには【オイル】とあった。
……ふむ。コストはまあ、安めか。
発動してみる。すると、指先からピュピュッと液体が出た。
地面に落ちたそれを指先ですくうと……。
まあカード名から想像はしていたしな。油だ、これ。
【オイル】を使えば使うだけ、指先から油が発射されるようだ。
ここが日本なら、石油王正宗の誕生だな。
なるほど。こいつを集めて、壺《つぼ》にでも入れて、油を売れってことか。
ふざけんなよ。ダジャレかよ。
「【オイル】！」
「にゃ⁉」
しばらく俺はミエリを的にして、その力を試していた。
これで晴れて俺も、手から油を出すチート能力者となったか……。
まあ、タンポポやパンに比べたら、それなりに用途がありそうだから、いいか。
って、遊んでいないでいかなければ。

十分後。俺たちはその建物の前で、佇《たたず》んでいた。

正確に言えば、呆気《あっけ》に取られていた。

なんだこれ。これが、冒険者ギルド、か?

いや、看板が出ているな。『ようこそ冒険者ギルドへ』って書いてある。

俺はてっとり早く、魔物退治や素材集めをして、お金を稼ごうと思っていた。

もちろん、危ないことはしたくない。だが、背に腹は代えられない。

十分に計画を練れば、ホープタウンの近くの魔物ぐらいは、どうにかできるだろうという楽観的な気持ちもあった。

というわけで、異世界の定番である何でも屋、冒険者ギルドの前にやってきたのだが……。

それにしても。外観、なんかすごい。すごい寂れている。町の外れの、今は誰も住んでいない洋館みたいだ。建物の壁にツタが絡まっているし。

……とりあえず、入ってみる、か?

いや、ここは判断材料を集めよう。

というわけで、近くの建物の陰に隠れて、誰かが入るのを見守ることにした。

だって、中に入ったらモンスターが出てきそうなところだし……。

しばらく待っていると、ひとりの禿《は》げ頭の男が取り巻きを連れて、中に入っていった。ここまでガハハという笑い声が聞こえるような、威勢のいい荒くれ者だ。

お、ということは本当に冒険者ギルドなのだろうか。

外観が寂れているだけで、中はまともなのかな。

そんなことを思っていると、今度は先ほど入ったばかりの禿げ頭の男が出てきた。

男は老け込んでいた。まるで老人のように腰を曲げ、取り巻きたちに肩を貸してもらいながら、やっとのことでよぼよぼと歩いている。今にも昔話を語りそうな勢いだ。

いったい中でなにがあったんだ！　さっきまでガハハと笑っていたじゃないか！

だめだ、気になる。

俺はせめて冒険者に見えるよう、【マサムネ】を腰に差し、歩き出す。このかっこいい刀を見せびらかすようにすれば、誰も俺を屑《クズ》カードのように扱いはしないだろう。

そうさ、俺は最強のスーパーレア。よし、いこう。

俺は西部劇のバーにあるような押し扉を手で押して、中に入る。

そこは薄暗く、どこもかしこも寂れていた。寂れていないところなど、微塵《みじん》もない。

酒場と一体化しているようだが、奥の方までは見えなかった。

そして、人っ子一人いない。

なんなの、ここ……。

ミエリも俺の足元で、ぷるぷる震えている。

「あ、あのー」

ギルドの中に声をかけると――。

「……見ない顔だね。初めての方かい」

受付から、しゃがれた声が響いてきた。

そこには、ひとりの老婆が座っていた。「たたりじゃ！　たたりじゃ！」とか、わめきだしそうな老婆だ。

「仕事を探しに来たんだけど」

「あるよ」

老婆は壁を指差した。

そこには依頼が書かれている小さな紙が、ところ狭しと貼られていた。

なんだよ、仕事あるんじゃねえか。

「だが、やめときな」

「え？」

呼び止められ、振り向く。

老婆は静かに首を振っていた。

「死ぬよ」

「……ええ？」

そう言うと、老婆は「いひひひひひ」とけたたましく笑った。

こっわ……。

だけど俺、そんなに弱そうに見えるのか。こんなにかっこいい刀も持っているのに。

まあ、死なない程度にがんばるさ。

「三週間前、近くの森にドラゴンが出たんだ」

違った。笑い終えた老婆は語り出す。

「もともとここは駆け出しの冒険者が集まる町でね……。だけど、そこに現れたドラゴンによって、小僧どもはあっという間に殺されたよ。残っているやつらも、ドラゴンを恐れて森には入ろうとしない。依頼はパンクしそうだが、無理なのさ」

「……」

俺は鼻の頭をかいた。

「どっかから応援が来たり、しないのか？」

「頼んではいるがね。あちこちの町が問題を抱えている今、なかなか来てくれりゃしないよ。ホープタウンにはびこっているのは、今は絶望さ。ひひひ……いーっひっひっひっひ！」

「そうか」

ドラゴン退治か。そんなもの、今の俺には早すぎるだろう。

だが――。俺は見た。様々な依頼が貼られているそのボードに。

一枚の灰色のカードが、突き刺さっているのを――。

「……なんだ、あれ」

俺が小さくつぶやくと、ばあさんは眉《まゆ》をひそめた。

「なんだ？　なんか変なのが見えるってのかい？」

「いや、あそこにカードが刺さってないか？」

「はあ？」

俺はゆっくりと近づく。

ほら、ここにあるじゃないか。オンリー・キングダムのカードが。

しかし老婆は首を傾げていた。

「おかしな子だねえ、いひひひひ……」

……つまり、どういうことなんだ。

意外にも——カードはすっと抜けて、俺のバインダに入った。

俺のバインダに、十枚目のカードが収まる。

だが、中身を開いて確認するが、色はついていない。魂の高鳴りも、新たなる力を得たという声も、なにもない。選択できず、灰色のままだ。

これはつまり、ドラゴンを退治するまで使えない、ということか？

ドラゴン退治によって俺の魂が成長するとか、そういうこと、なのか？　わからない。

ミエリもカードが見えていたようだ。不思議そうに「にゃーん……」と首をひねっていた。

そうか、ドラゴン退治か。

——まあ、やらないけどな。

どうせこれだって、色がついたら屑カードになるんだろ！　俺がほしいのは、せめて使える屑カードだ！　タンポポを咲かせるような、正真正銘の屑カードはいらねえんだよ！

俺が早々に諦《あきら》めた、そのときだった。

バン、と開いたドアに、ひとりの女が立っていた。

ツンと尖《とが》った長耳。使い古された革鎧《よろい》を着て、ミニスカートをはいている。

緑色の長い髪をくくっている女性……いや、まだ少女と呼んで差し支えがない年齢だろう。

逆光の中に立つ彼女は凛《りん》とした声で、告げる。

「噂のドラゴンを退治しに来た。あたしがエルフ族一の弓使い、ナルルースだよ」

そのエルフ娘が担いでいる大弓は、彼女の背丈よりも大きかった。


ドラゴン退治に来たエルフ、ナルルース。

彼女は俺を見て、刀を見て、再び俺を見てから目を細めた。

「キミは?」

「あ、いえ。大したもんじゃないです」

俺とミエリはそそくさと横に移動する。

直立して彼女を見守る。

堂々としていて、まさに歴戦の弓使いという雰囲気だ。胸がぺったんこなのも、きっと弓を引くのに邪魔にならないように、だろう。貧乳エルフだ。実に理に適《かな》っている。

惜しげもなくさらしている生足が、目に眩《まぶ》しい。

エルフかー、すごいな、すごい美人だな。

しかし、助かった。この人がドラゴンを退治してくれたら、ホープタウンも平和になるだろう。

あとは平和になったこの町で、俺は薬草でも採ってくればいい。

うむ、完璧《かんぺき》だ。

それまでは野宿してパンで食いつなぐか……。

がんばってくれよ、ナルルースさん。応援しているよ。

「ねえ、キミ」

「はい？」

再び声をかけられてしまった。気配を消していたのに。

すると、彼女は俺の目をまっすぐに見つめてきた。美少女エルフの視線の眩しさに、ドキッとしてしまう。

「ちょうどいいや、キミでいいからさ。あたしと一緒にドラゴンを退治しにいこうよ。ねえ、どうかな？　ほら、見てよ、ドラゴン退治。条件があるでしょう？」

彼女は依頼の紙を、細長い指でとんとんと叩《たた》く。

本当だ。そこにはパーティーメンバーを組むこと、とある。

ナルルースさんはニコッと笑った。

「個人討伐したって、クエストを達成したってことにはならないんだよね、これ。ねえ、一緒にどうかな？　ああ、分け前は折半でいいよ。ドラゴンはあたしが倒すから、キミは実質なにもしなくていいってことで。全然悪い話じゃないと思うけど」

「嫌だ」

「嫌だ⁉」

しまった、いつもの調子で答えてしまった。

だが、そんなうまい話に、誰が衝動的に乗るか。

「ちょ、ちょっと待って！　なんで、なんでだめなの⁉　あたしこの町に来たばっかりで誰も知り合いいないんだってばー、ねえちょっとキミー！」

ナルルースさんを置き去りにして、俺はとりあえず受付へと向かう。

「まあそれはそうと、冒険者カードを作ってほしいんだ。外に出るのに大変でさ」

外にさえ出られれば、ウサギでもなんでも獲《と》って、タンパク質を補給できるしな。

適当になんか拾ってきたものを売ったら、宿代ぐらいにはなるかもしれないし。

受付の老婆はこちらに手を差し出して言った。

「あいよ。銅貨十枚ね」

「…………………」

俺はそっとミエリの首根っこを掴《つか》む。

「わかった、ちょっと待っていてくれ。その前にペットショップの場所を教えてはもらえないか」

「にゃあああああああああああああ～～～！」

そうして出て行こうとしたそのときだった。

慌ててナルルースさんが、俺たちを呼び止めてきたのだった。

ドラゴン退治
パーティメンバーを組むこと

なんだ、ドラゴン退治ならごめんだぞ。胡散臭《うさん》い話には俺は飛びつかん。

違った。

「ま、待って……。キミ、その猫ちゃん、ずいぶん嫌がっているよね……？　その子、ペットショップに売るの？」

「まあ、あったらな。最悪、肉屋でも構わない」

そう言うと、ミエリはより一層暴れ回る。

こらこら、手をひっかくんじゃないよ、痛いよ。

ナルルースさんは冷や汗をかいていた。

「ね、ねえ、なにか事情があるのか知らないけど、えと、お金が足りないの？　そんなに可愛い猫ちゃんを売るぐらいならさ、足りない銅貨をあたしがあげよっか……？」

「いやいやそんな」

俺は慌てて首を振る。

そんな、見知らぬ人に借りを作るわけにはいかない。

「気を遣わせて悪いな。大丈夫だ。見ず知らずの人にお金を恵んでもらうほど、落ちぶれてはいないつもりだ。自分のことは自分でするよ、ありがとうナルルースさん。まったく、手間をかけさせるなよミエリ。お前のせいで迷惑かけちまっただろう。これはもう肉屋コース以外ありえないな」

「にぁあああああああ！」

「ま、まって！　ごめんなさい！　お金あげたいの！　あたしキミにすっごく銅貨あげたいなあって思ってたの！　だから猫ちゃんをひき肉にしないであげて！」

慌てて俺の袖《そで》を掴んでくるナルルースさんに、俺はため息をつく。

「ありがとう、君はいい人だな」

「う、うん、だから猫ちゃんをそんな風に扱うのはよして。乱暴にしないであげて、ね？　ね？」

「でもだめなんだ。今夜の寝床もないし、食事だってずっと肉を食べていない。だったらもう、この猫を肉屋に引き渡すぐらいしか俺にできることはもう……」

「それも全部あたしが面倒見るから！　ね⁉　ね⁉」

ナルルースさんはもう涙目であった。


異世界で初めての宿には、ふかふかのベッドとおいしい料理がついていた。

なんていい人なんだ、ナルルースさん。

——だが当然それで、はいさようなら、というわけにはいかなかった。

◇　◆　◇　◆　◇

朝だ。こんなに晴れ晴れしい気持ちで目覚めるのは、いつぶりだろう。

俺はベッドから起き上がる。窓から差し込む光は、とても世界のバランスが乱れているとは思えないほどに、平穏なものだった。

やはり、いい。ベッドはいいものだ。タンポポの寝床でふかふかだー、とか言っていた自分が今では空しく思えてくる。あれはただのかわいそうな奴だ。

すがすがしく目覚めた俺の頭上から、一枚のカードが舞い落ちてきた。

新しいオンリーカードか。

頭の中に声が響く。


『異界の覇王よ――。其方《そなた》の快眠に、新たなる力が覚醒《めざ》めるであろう』


異世界生活での実績が解除されたらしい。

いやマジで、この声って誰なんだよ。


『其方のささやかな身だしなみは、その覇業《オンリーワン》によって叶《かな》えられるであろう』


いいから攻撃魔法よこせよ。身だしなみとかいいからさぁ！

カード名がバインダに記載される。そこには【マシェーラ】と書いてあった。

そして、もう声は消え失《う》せる。

なんだよ、快眠によって目覚める魂って。

俺はバインダを呼び出し、手に入れたばかりのカードを唱えた。

「……【マシェーラ】」

光が頭部に集まったその直後、窓に映っていたのは、ばっちりと寝癖が直った俺の姿だった。

……寝癖を直すための覇業《オンリーワン》か。屑《クズ》カードにもほどがある。

いつになったら俺は、レアやスーパーレアを入手できるんだ。まさか【パン】や【ホール】、【マシェーラ】で魔王を倒せとは言わないよな。

いや、スーパーレアとは言わない。オンリー・キングダムの大会で使っていても、おかしくはないカードをくれ。ほんの少しの攻撃魔法でいいんだ……。

だが――。俺は髪にドライヤーを当てている絵柄のこのカードを見つめながら、思う。

くそう。よからぬ考えだとはわかっている。

今起きたばかりだというのに、一日分のＭＰを使うわけにはいかない。

衝動的はいけないんだ。

だが……！【レイズアップ・マシェーラ】をやってみたい……！

いったいどんな髪型になるんだ！

「おっはよー、寝ぼすけさんだねー。って、あれ？　もしかして先に起きていた？　すごいすごい、髪型バッチリ決まっているね」

「ん」

結局、【レイズアップ】は使わなかった。やるとしたら寝る前だな。試してみよう。

宿の一階にある食堂にて、ナルルースさんは待っていた。

タンクトップのようなラフな上着と、惜しげもなく生足を出したショートパンツの格好だ。

ちょっと無防備すぎやしないかい。

少年みたいにスレンダーな体で、腰のくびれが否応《いやおう》なく目に入る。瑞々《みずみず》しい肌が惜しげもなく露出されているよ。参っちゃう。

ふわりといい香りが漂ってきた。エルフだし、森の香りかな。

しばらく幼女と猫の世話ばっかりしていたから、まともな美少女を見るとどうしても照れてしまう。いかんな。俺は視線を逸《そ》らす。

彼女の肩には、ぴょこんと白猫のミエリが乗っていた。

「よく眠れたか?」

「にゃーん」

彼女は嬉《うれ》しそうに鳴くと、目を細めた。

そうかそうか、久しぶりのベッドだったもんな。

ミエリの毛並みはツヤツヤと光っている。

闇の力の場所を離れたから、汚れも臭いも吹き飛んだようだ。

「それにしてもすごいねー、この子。お行儀もいいし、お利口さんだし、すっごく綺麗《きれい》だね。まるで人の言葉がわかるみたい」

「まあな」

「ミエリちゃん、女神さまと同じ名前だね。うん、似合っている似合っている」

ほう、この世界でも女神ミエリの名前は知られているのか。

有名人なんだな、お前。

俺の視線に気づいたのかそうではないのか、ナルルースさんの肩に乗ったミエリは、ドヤ顔をしていた。キリッ、という声が聞こえてきそうである。

あんま調子に乗るなよ。

鼻先をピンと突くと、ミエリは「にゃー！」という声をあげてもう一方の肩に飛び移り……かけて、しかし足を滑らせて落下した。

その様子を、ナルルースさんはきょとんと見つめている。

「でもちょっとどんくさい子、だね……」

「そうだな」

テーブルの上には焼きたてのパンや、サラダ、ハム、パスタっぽい麺《めん》や、サンドイッチなどが並んでいた。

とりあえずパンはいいか……。食べ飽きたしな。

俺はハムを皿に移し、ありがたく朝食をオゴってもらうことにした。

ナルルースさんは口元についたドレッシングを紙ナプキンで拭《ふ》く。

「ま、そういうわけで、別にドラゴンはあたしひとりで退治するんだけど、その活躍を見て語って広めてくれる証人がいないとね」

紙ナプキンをくしゃっとまるめて、ナルルースさんは食堂の隅っこにあるゴミ箱に向かってポイと投げた。が、それはなぜか別方向の、ミエリの頭にこつんと当たる。

「にゃっ」

「あっ、ご、ごめんね」

ナルルースさんは慌てた顔でゴミを拾い、すぐさま放り投げる。

しかしそれは再び、俺の近くに避難していた猫ミエリの顔面にぶち当たった。なんだこれ、ノーコンを通り越して逆にすげえ。

「わあああ、ごめん、ごめん！　悪気はないんだよー！」

つか、なにを遊んでいるんだ、こいつら。

俺はゴミを拾うと、代わりにぽいとゴミ箱に放り投げた。それは放物線を描いて、その中にすとんと落ちた。

ナルルースさんはなぜか尊敬の目でこちらを見つめている。

「キミ、なにげにすごいね……！　まさか天下に名前が轟《とどろ》くアーチャーだったりする……？」

「いや、全然」

これぐらい誰にでもできるだろ……。

「まあ、それはいいとしてな。分け前を半分もくれるとか、ずいぶんと豪胆なことだ。なにか裏があるんじゃないのか？」

「いいや、別にね、あたしはお金に興味ないからさ。この子がやりたいようにさせてあげたいだけなの」

そう言うと、ナルルースさんはドンと床に、背負っていた巨大な弓を下ろす。

「大弓・竜穿《りゅううがち》。竜族に特別な威力を発揮する至宝のひとつさ」

「なんだかすごい武器だな……」

「そりゃあ、そうだよ。うちの里でも一番有名なものだからね。里でこの弓を引くことができるのは、ただひとり、あたしだけだったのだよ」

彼女はえへんと慎ましい胸を張った。

「というわけでね、あたしたちはどうしても竜を退治したいの。ねえ、だめかなあ？　もったいないと思うよ。タダで金貨四枚もらえるチャンスとか、そうそうないよ。あたしたちの活躍を後ろから見守ってくれているだけでいいのに」

「だったら聞かせてもらおうか、ナルルースさん」

「あたしのことはナルでいいよ」

「だったら、ナル」

俺はテーブルに肘《ひじ》をつき、彼女を見やる。

「いくらなんでもそんなの、話がうますぎる。さすがの俺でも、疑わずにはいられないだろ。タダで金が入るなんてありえないさ」

「用心深いなー、もー」

ナルはわずかに顔をしかめた。

これぐらい当然のことだろう。判断材料がなさすぎる。

「別に、あたしだってそんな深い考えがあって、キミを誘ったわけじゃないよ」

「じゃあなんでだよ」

俺が問うと、しかしナルは顔を逸らした。

なんだよ、言いづらそうにしてやがるな。おい。

まさかお前、俺の覇業《オンリーワン》の力に気づいて……⁉

「……だって、すごくみすぼらしい格好をしていたから……」

おい。

「すごくお金に困っていて、猫ちゃんを肉屋に売るぐらいまで切羽詰まっているみたいだったから、あたしが助けになれるかなって……」

やめろ……。

見るな、そんな憐《あわれ》みの視線で、俺を見るな……。

「ねえ、ほら、大丈夫だよ。怖がらないで、ほら、パンもサラダもハムも食べていいからね。あたし、キミみたいな人は放っておけないんだ。大丈夫だよ、支払いは任せて。あたしこう見えても結構強いんだから。狩りをして生計を立てていられるんだからね」

にっこりと微笑むナル。

その瞳《ひとみ》は慈愛に満ちていて……。

「くっそう！　俺だっていつかビッグになってやるんだからなー！」

「ああっ、キミっ！」

ナルの叫びを背に、俺はテーブルの上に乗っていたハムを掴《つか》んで、駆け出していったのだった。

追いかけてきたミエリは、不満そうな顔をしていた。

大方、『タダで金貨がもらえるのにぃ……』という辺りだろう。

俺の故郷には、タダより高いものはない、って言葉もあるんだぞ。

しかし、なんだったんだ、あのエルフは。体中から人をダメにするオーラを醸し出していたぞ。

「にゃ～ん……」

あのままだと、一生ヒモとして生涯を終えるところだった……。

まあ勢いで宿を出たはいいが、別にやることも、行くところもない。

いや、銅貨十枚ももらったからな。これでカードを作るか。

ハムをかじりながら町を歩いていると、昨日は気づかなかった町の雰囲気に気づく。

ホープタウンは、寂れている。それは建物の劣化という意味ではない。なんというか、通り過ぎる人たちの顔に活気がないのだ。皆、どことなく沈み込んでいるように見える。それは恐らく、ドラゴンがこの町の近くに居座っているからなのだろう。

冒険者ギルドのばあさんは、たくさんの人死にが出たと言っていた。つまりはそれが、町全体に暗い影を落としているのだ。その影響からか、この町には今、盗人《ぬすっと》までもはびこっているらしい。

ホープタウンとは名ばかりだな。

そんなとき、ふと昨日見たあの禿《は》げ頭の男を見かけた。

きょうは、冒険者ギルドから出てきた昨日よりは、ずいぶんとマシな顔をしているようだ。

その男は、道端で酒を飲んでいた。

取り巻きが、男をなだめている。

「だめっすよ、アニキ……。そんな風に酒を飲んでたって、あいつは戻ってきませんよ……」

「バカ野郎！　だったらどうしろっつーんだよ！　どんなに情報を集めたって敵《かな》いっこねえ！　俺はあいつの仇《かたき》を討つことすらできねえんだよ！」

男はわめく。

なるほど。あいつは冒険者で、仲間がドラゴンに殺されて、その仇を取りたいわけか。

だが、相手があまりにも強く、自分では歯が立たないからいかない、と。

なるほどな。賢いやつじゃないか。

「ああん⁉　てめえ、なに見てんだよ！」

「いや、悪いな」

恫喝《どうかつ》され、俺はかぶりを振った。

まあ、好きで付き合いたい人種でもない。立ち去るとしようか。

「ガキが、見せもんじゃねえぞ、てめえ！」

「アニキぃ……」

そうこう思っている間に、男はこちらにやってきた。取り巻きたちは情けない顔で禿げ頭の男を眺めている。おいおい、止めてくれよ。

まあ、いいか。とりあえず穴にでも落として、頭を冷やさせてやるか。

そんな風に俺がバインダを呼び出した途端だ。

おおっ、と男たちは目を剝《む》いた。

「な、なんだそれ……」

「光り輝く本……？　いったい……」

おっと。そうか、人前であんまりバインダを出さないほうがいいな。

普段から出しっぱなしにしていればいいのか。

「別になんでも……」

と、言いかけて、俺は目を丸くした。

ハゲが腰に差しているその短剣に、一枚のカードが突き刺さっている。なんだこれ。昨日は気づかなかった。

「おい、お前、それ」

「あぁ!?」

そうか、こいつらには見えないのか。

足元で「にゃ！　にゃ！」とミエリが鳴いている。

俺は思わず手を伸ばして、カードを引き抜いていた。

「てめえ！　弟の短剣に触るんじゃねえ！」

ガツンと鼻に衝撃が走る。

しまった。つい、衝動的に行動をしてしまった。

そのお返しが、パンチか。まあ、しょうがない。これは俺のミスだ。

それよりも……。

俺のバインダに収まったカードに、色がつく。これは、最初から使えるのか。

頭の中に、声が響く。本日二度目の声だ。


『異界の覇王よ――。其方《そなた》には、滅びしラッセルの力が宿るであろう』


なんだと。言っていることが、いつもと違うぞ。

そのカードの名はそのまま【ラッセル】とあった。

ラッセル……？　なんだそれは。

いや。……まさか、これは。

「なあ、オッサン」

「ああ⁉　なんだてめえガキが！　オッサンとか言うんじゃねえ！　俺にはゴルムっつー名前があるんだよ！」

「その弟っていうのは、もしかしてラッセルって名前か？」

「あ……？」

男は途端に勢いを失った。きょろきょろと、取り巻きたちを見回す。

「んだよ、こいつ、ラッセルの知り合いか……？　見たことねえぞ」

取り巻きたちは知らない知らないとばかりに、首を振った。

男はバインダを持つ俺を、不思議そうな目で眺めている、が。

俺は深いため息をついた。

そうか。俺の力には、まだまだ未知の要素が多いようだ。

どうやら俺は、天の声が正しければ——。ラッセルの遺品から、力を継承してしまったらしい。

バインダの中には、一枚のカードがあった。シルエットだけの人の顔が描かれている。恐らく、ラッセルだろう。冒険者として、若くして竜に食われたのだ。

無念だっただろうな。

……参ったな。今までは知らぬ存ぜぬで押し通せてきたのに。まさか、ここまで深く関わってしまうことになるとは。

遺品、遺品か。くそ。

俺は頭をがじがじとかく。

そばにちょこんと座るミエリがきらきらした目で、俺を見上げている。

やめろ、そんな目で見るな。お前はいい宿に泊まりたいだけだろ。

しかし、金貨四枚……。……金貨四枚か。

いや、いいだろう。ここまで判断材料が揃《そろ》ってしまえば仕方ない。やるしかないだろう。

――ここで逃げたら、それこそ俺が屑《クズ》になる。

「なあ、オッサン」

「あっ、てめえまたオッサンって言いやがったな！」

「あんた、ドラゴンについて、詳しいんだろ？」

「ああ？　それが、どうしたっていうんだ……よ……」

気圧《けお》されるオッサンの前、俺はけだるそうにしていた。

言いたくはないが。いや、これも相手からの信用を得るためだ。

俺はこんなに熱い性格ではない。だから、今回だけだ。

そうだ、今回だけだからな。

「その判断材料を、俺にすべてくれ。――俺たちがあんたたちの仇を取ってやる」

まったく、……遺品か。

今度のはさすがに屑カードじゃないといいが……。


というわけで、冒険者ギルドにやってきた俺を、ナルの笑顔が迎えた。

「わー、おかえりー。来てくれたんだね、嬉《うれ》しいよあたし。いい子いい子」

「不本意だ。やめろ」

頭を撫《な》でられ、俺はその手を払いのける。

すでに【ラッセル】のカード効果は確認済みだ。

これはどうやら、『身のこなし』に修正を得るカードのようだ。

ここに来るまでに軽く走ってきたが、身体能力《フィジカル》が明らかに高くなっているのがわかる。

引きこもりの屑カード使いが、一瞬にして陸上部員並の運動神経になったわけだ。

自己強化系のオンリーカードは、ありがたい。

唯一の難点と言えば、これが常時発動のカードであるため、【レイズアップ】などで強化ができないことぐらいか。

しかし、それは逆に言えば、MPを消費しなくても済むということだ。

遺品のカードをくれたラッセルは、その通り器用で身のこなしが軽い男だったらしい。

その力が俺に宿ったのは、なんのためか。

考えるまでもない。ドラゴンを倒し、仇を討ち、そして町に平和を取り戻すために、だろう。

俺はナルの前の席に座る。

ミエリは行儀悪くテーブルの上に乗って「にゃん」と鳴いた。

「ナル、お前は倒すドラゴンのことを知っているか？」

「ん、ドラゴンなんだから、空を飛んで火を噴くんでしょ？」

まあそれが一般的なドラゴンの印象か。

ゴルムのオッサンは、俺に知っている限りのドラゴンの知識のすべてを預けてくれた。

俺たちが戦いに行くドラゴンは、普通のドラゴンとは違うようだ。

そのあたりはしっかりと、先に話し合っておく必要がありそうだな。

俺がそんなことを言い出すと、ナルは猫ミエリの背を撫でながら、わずかに顔を曇らせた。

「といっても、戦うのはあたしだよ？　別にいいじゃない？　あたしが倒すって言っているんだから、キミは後ろで見ていてくれればいいんだってば」

「……ま、そうかもしれないな」

俺は小さくうなずいた。

ナルがドラゴンを一撃で仕留めてくれるなら、俺がこんなことをやる必要はない。

だが、しょうがないな。俺は十分すぎるほどに、用心深いんでな。

「やれるだけのことはしたいんだ」

さあ、ドラゴン退治の始まりだ。

◇◆◇◆◇

ギガントドラゴン。

それは通常のドラゴンとは異なり、地上での行動に特化したドラゴン種であった。

通常のものよりも何倍も巨大で、凶暴。その巨体とは裏腹に動きも機敏で、さらに大地を薙《な》ぎ払うような必殺のストーンブレスを噴き出すという。

めったに人里に現れることはなく、その名は恐怖とともに知れ渡る。魔王軍の何者かが放ってきた刺客だとも言われているようだ。

始まりの町の近くに、すげー強いボスを配置するとか、なんて汚い野郎だ魔王。

実際、三度繰り出された大規模討伐隊のそのすべてを返り討ちにし、今なお、近くの森の深くに眠っているらしい。

下手に町を襲ってこないで、嫌がらせにとどまっているのも厄介だ。

もし町にワンパンでも入れようものなら、王国中の冒険者と騎士団がギガントドラゴンを討伐しに来るだろうに。

まあ、もう向かってきているのかもしれないけどな、ナルがここにいるってことは。

とまあそんなわけで、初心者がどれだけ束になってかかっても倒せるはずがない相手だ。

本来なら、な。


人をダメにする優しい笑顔を浮かべながら、ナルは腰に手を当てる。

彼女は胸当てのような革鎧《よろい》を身に着けていた。

「まったくもう、マサムネくんは心配性なんだから。大丈夫大丈夫、大船に乗ったつもりでいてよ。こっちには竜特攻の宝弓『竜穿』があるんだからねー」

「……まあな」

俺たち三人（ふたりと一匹）は森の中を歩いていた。

お金がない俺は、上から下まで厚手の旅装を着込んでいた。

そうだよ、ナルに全部買ってもらったんだよ。

服屋でのミエリの視線は、まるでヒモを見るようなものだったが、それは違う。これは成功報酬の前借りなのだ。なにも後ろめたいところは、ない……ないんだよ……。

……まあ、それはいい。

エルフ族の弓使いナルルースに緊張はなかった。

彼女は、竜退治のスペシャリストだ。

ネズミ駆除の業者がネズミを恐れないように、彼女もまた竜を恐れてはいなかった。

冒険者として活動を始めたのはつい最近だというナルは、まだ駆け出し。カードに記載されたレベルは、一であった。

しかし、同じくカードに記載されているそのステータスは俺のと比べても飛び抜けている。特に『力』と『身の守り』は成長限界値であるＭａｘに近かった。

宝弓を引き、矢を放つほどの膂力《りょりょく》。いったいどれほどのものか、まるで想像できん。

その弓から放たれる矢は、まさしく一撃で竜の腹を突き破ってしまうのかもしれない。

試しにその辺りを射《う》ってみてほしいが「エルフのあたしが、自然や動物をむやみに壊したり、殺したりするわけないでしょー」とのことらしい。

辺りには魔物の気配もなかった。ギガントドラゴンが居座っている影響だな。

鬱蒼《うっそう》と茂った森には、わずかな木漏れ日が差し込むだけだ。

なのに不思議と緊張感がないのは、ナルのかもしだす柔和な雰囲気のせいだろう。

「あたしのいた森とはちょっと違うねー。これぐらい年若い森だと、むしろ森っていうか、村って感じかなー。あ、コバワリ草だ。あれって根っこを炒《い》ってかじると結構イケるんだよねー。ねえね え、マサムネくんおなか減った？　疲れてない？　ちょっと休憩する？　これ食べる？」

「いや、結構だ」

ナルは生えている木だの草だのを指差しては、勝手にぺらぺらと喋《しゃべ》り、あまつさえ俺の世話を焼こうとする。

散歩に来たんじゃないんだから、お前。

だが、巨大な弓を抱えながらひょいひょいと木の隙間を潜り抜けてゆくさまは、さすが森の民といったところか。

ミエリなんて、獣のくせに歩くのは嫌だからって、ナルの肩に乗っているからな。

「でもすごいね、マサムネくん。森を歩いて、あたしについてこれるなんて。ちょっと見直したよ。見かけよりずっと体力があるね」

「いやまあ」

それは【ラッセル】のカードの力だな。

俺は頬をかく。

そんなときだ。森の中に、不自然な一本の道があった。

いや、これは道じゃない。木々がなぎ倒されている。

それに、何者かが腹這《はらば》いで進んだようなあとがついている。とてつもなく巨大な何者かだ。

「竜の通り道だ」

俺がつぶやくと、ナルは小さくうなずいた。

「日も暮れ始めているし、きょうはここでキャンプにしよ」

ナルの提案に、俺も首肯した。


竜族は火を怖がらない。どっちみち今の森には魔物や危険な獣もいないため、俺たちは火を焚《た》かずに野宿していた。

しかし、森ってマジで暗いのな。エルフのナルは夜目がきいているようだが。

ナルは木の上に乗って寝転んでいた。器用だな。

しかしこの状況。

町の外でよく知らない女と二人っきりって、成り行きとはいえ、ちょっとドキドキしちまうな。

「どうかした？」

音もなく、ナルが俺の後ろに降り立っていた。

なんだこいつ、すげえな。

「さっきから難しい顔をしているよ。ああ、緊張しているのかな」

「……いや、そういうわけではない」

「眠れないんだったら子守唄《うた》でも歌ってあげようか？　それとも膝枕《ひざまくら》する？」

「そ、そういうのはいい。子ども扱いするんじゃない」

「あたし、里でもすぐに捨て猫とか、モンスターの子どもとか拾ってきて、怒られていたんだよね。でもなんかかわいそうな子を、放っておけないんだ。キミも行くところがない目をしていたから、つい気になっちゃってさ」

「……いや、助かったよ、ナル」

確かに俺は家も仕事もなかった。捨て猫みたいなものだ。ナルの見る目は正しかったのだ。

ナルは無防備な笑顔を浮かべていた。

耳がピンと尖《とが》っている、エルフ。ほっそりとして、抱きしめたら折れてしまいそうな細腰だ。

ファンタジー世界の美少女が目の前で小首を傾げているというのは、不思議な気持ちだった。

こんなに近いと、心までが持っていかれそうな気分になる。

森でふたりきり。他に見ている人は、誰もいない。

いや、もちろん手を出したりはできないよ？

別にビビっているわけじゃないけど、ほら俺、慎重派だし。

ただなんとなく、なんとなくだけど。たぶんこのシチュエーションに頭がくらくらしているんじゃないかな、的な、ね。

俺が口を閉ざしていると、ナルまで微妙な雰囲気になってきた。

「な、なんで顔を赤くしているの？」

「いや……」

俺はそっぽを向く。

暗闇でも見えるなんて、ずるいな。

なんで顔が赤いかって？　俺にもわかんねえよ。高校生男子は、女の子とふたりっきりでいると、そうなっちゃうんだよ。

猫ミエリはくーくーと寝息を立てている。

くそう、間が、間がもたない！

エルフの美少女は頬をかいて、照れたように笑う。

「そんなじっと見つめられると、ちょっと困っちゃうな……。と、とりあえず、まずはドラゴンを退治してからね。そのあとで、キミにもちゃんとお礼をするから……ね？」

「………お、おう」

ドラゴン退治が終わったら、お礼……。

ちゃんと、お礼、か！

よし、がんばろう。なんだかよくわからないが、燃えてきたぞ。


翌朝。俺たちは再びドラゴンの生息地と思われる場所に向けて、歩き出す。

ナルが木に登ると、ドラゴンはすぐに見つかった。

そこから射ればいいのではないかと思ったが、そこまで『竜穿』の射程は長くはないようだ。

いよいよか。準備を整えていこう。用心には用心を重ねておかないとな。

仮にナルがドラゴンを一撃で葬り去ったとしても、準備は無駄にはならないから。

俺たちはいったん昨夜のキャンプに戻る。

ナルは怪訝《けげん》そうな顔をしていたが、これが大事なことなんだ。

「さて、それじゃあ今から大作業が始まるぞ」

「なにをするの？」

「仕掛けを作るんだよ。バインダ、オープン！」

「わっ」

俺がバインダを広げると、彼女は目を丸くしていた。

初めて見る力のようだ。まあそりゃそうか。

「な、なにそれ……？　キミ魔法使いだったの？」

「まあな」

説明が面倒だったので、そういうことにしておこう。

この猫のミエリが本物の転生の女神だとか言ったら、どんな面倒事が起きるかわからないしな。

魔法を使わない人にとっては、オンリーカードも魔法も大して変わらないだろ。

ナルはひとりでドラゴンを倒しに行こうと走り出すのかと思っていたが、オンリーカードの効果が珍しいようだ。

作業中の俺を物珍しそうに眺めていた。

「へえええ……魔法ってすっごいね。これだけのことを人の手でやろうと思ったら、一か月はかかっちゃうんじゃないかな。キミ、実はいろんなことができるんだね！」

「ん、まあな」

寝癖を直したり、パンを出したり、タンポポを生やしたりできる魔法使いなんて、この世界でも俺ぐらいだろうな……。

泣けてくる。

結局、対ドラゴン用の仕掛けを作るために、俺は丸一日をかけた。

これだけのものを一日で作れるんだから、ポテンシャルはすごいんだよな……。


そして翌日だ。

「ドラゴンはまだ動いていないよ。こっちからいこ」

「ああ」

俺たちは体に特殊な薬品を振る。魔物に気づかれにくくなる効果があるらしい。

ドラゴン相手にどれだけ有効かはわからないが、とナルは言っていた。

いいさ。こういう準備は大切だ。やれることはやっておかないとな。

近づいてゆく。

ドラゴンが起きあがったら、俺たちもさすがにわかるだろう。あの巨体だ。静かに、というわけにはいかないはずだ。

静かに走る俺たち。

『竜穿』がわずかに輝いた次の瞬間。——一斉に鳥が飛び立った。

ドラゴンが起きたな。


ギガントドラゴンは頭を起こして、左右を見回していた。

その鋭い目が辺りを睨《にら》みつける。眼光ひとつで森が焼き尽くされそうなほどの迫力だ。

しっかりと四つ足で地面を踏みしめたギガントドラゴンは、竜というよりはどちらかというと、恐竜のような姿だった。体表の色もそれっぽいしな。

というわけで、ギガントドラゴン戦である。

その竜がこちらに気づくよりも早く、ナルはガシッと地面に竜穿を突き刺した。

弓の下を固定し、体を倒すほどに強く弦を引く。

おい、ちょっと待て。矢はどうしたんだ、と思いきや。

矢が出現した。まるで破城槌《はじょうつい》のような巨大な矢だ。

これがナルの力なのか、あるいは弓の力なのかはわからない。だがそれは、間違いなく竜の心臓を貫くほどの威力に思えた。

ナルは渾身《こんしん》の力で弓を引き、そして射出する。

「乾坤一擲《けんこんいってき》！　一騎当千！　我がこの弓に、貫けぬものなーし――――！」

空気を引き裂くような音がした。

それはうなりをあげながら着弾し、辺り一帯を爆砕したかのように土を巻き上げる。

外した。

起き上がったギガントドラゴンがこちらを睨む。それだけで風が起こり、木々がざわめいた。

だがナルの二射目の方が早い。これなら勝てる。

「乾坤一擲！　以下略」

それ毎回言わないとだめなのか。

ナルのバカデカい矢は再び放たれた。

だがその瞬間、なんだろう。俺の脳裏にはとても嫌な想像が浮かんだ。

食堂で何度もゴミを投げるナルの躍起になった顔だ。

いや、まさかな、と矢の行く先を見守れば、その矢は――俺の足元に突き刺さった。

「うおおおおお！」

「あっ、ごめんね！　そっちいっちゃったか！　ええい、もう一回！　乾坤一擲！」

「にゃあああああああ⁉」

さらにもう一射は、ミエリの近くに突き刺さって、土砂を巻き上げる。

こ、こいつ……！

「えい！　えい！　えい！　えい！」

彼女が射るごとに、俺たちの周りの地面に矢が突き刺さる。

気分的には串刺《くしざ》しにされているようだ。

あと一歩間違えば、この体がバラバラになってんぞ！

「お前狙ってやってんじゃねえだろうなあ！　ふざけんなよ！　相手はギガントドラゴンだろ！

あんな図体《ずうたい》どこ射《う》っても当たるだろうが！　真面目にやれよ！」

「ごめん！　ごめんって！　おっかしいなあ！　きょうは当たんない日だなあ！　待って、待ってて
てね！　たまには当たるから！」

「ふざけんなよ!?」

思いっきり怒鳴ると、ギガントドラゴンがこちらを見た。

でけえし、こええ！

ナルはさっきからパスパスパスと矢を放っている。だが、一発も当たらない。

こ、この野郎……。

──屑《クズ》カードじゃねえか！

「お前、俺を騙《だま》していたのか!?」

「竜穿は正真正銘の本物だよ！　こいつが当たればギガントドラゴンだって一発だよ！」

「何発射れば当たるんだよ!?」

「当たるときは当たる！　乾坤一擲！」

「うおおおおおおおおおおい！」

叫んだ途端に、俺の目の前にいたナルがギガントドラゴンのパンチ一発で吹っ飛んでいった。

「ナルルース――――――！」

死んだか？　死んじまったのか⁉

ああ、もうだめだ。くっそう。

なにが凄腕《すごうで》のアーチャーだ。当たらないアーチャーなんて、屑カードにもほどがあるだろう！

騙された。騙された。騙された。騙された。

俺は内心、呪詛《じゅそ》をまき散らす。

矢の牢獄《ろうごく》から這《は》い出て、ギガントドラゴンの前に立つ俺たち。

その鼻息だけで、吹き飛ばされてしまいそうだ。

ちょっとデカすぎる。

どうする、タンポポを出すか？

タンポポを出して、「俺はタンポポの神、タン・ポ・ポウだ」とか言い出すか？

ギガントドラゴンの目は真っ赤に染まっていた。

全然話を聞いてくれなそう。

完全に魔物じゃねえか、こいつ。

「こっちにこいよ、ギガントドラゴン！」

「にゃ～～～ん！」

俺はミエリの首根っこを掴《つか》み、猛然と走り出す。

いいじゃねえか、やってやるよ、ギガントドラゴン。

「準備が無駄にならなくて、よかったよ！」

ナルがここまで使えないやつだとは、思っていなかったけどな！


走って戻るのはキャンプの場所だ。それまでの間に何度も踏み潰《つぶ》されて殺されそうになったが、【ラッセル】のカードの力で避《よ》けることができた。

聞いた限りの話では、ギガントドラゴンの全長は約十二メートル。

昨日、俺はあらかじめ【ホール】の連打で落とし穴を作っていた。その穴にタンポポで編んだお馴染《なじ》みのシートをかぶせ、一定以上の体重で落ちる仕掛けを用意しておいたのだ。

時間はかかったが、無事完成した。

そして今。

――ギガントドラゴンは見事罠《わな》にかかった。

「どうだおらぁ！」

そこに俺は火打ち石でつけた火種を、パンに挟んで放り投げる。

かぶせておいたタンポポシートには、十分に【オイル】で油を含ませてあったため、火はすごい勢いで燃え上がった。オイルは落とし穴の中にもたっぷりあったしな。

ギガントドラゴンの叫び声があがった。

よし、いいぞ。

こいつが普通のドラゴン種ならば、火なんてとても効かなかっただろう。

だが、ギガントドラゴンは違う。――炎耐性がないのだ。

落とし穴の中でもがくギガントドラゴンを見下ろしながら、俺は額の汗を拭《ぬぐ》う。

とんでもない熱気が立ち上ってきている。

落とし穴なんて原始的なものにドラゴンが引っかかるなんて意外だが、しかし人間だって落とし穴にかかるんだ。しっかりと下調べをし、その習性を調べつくせば、やってやれないことではない。これが判断材料というやつだ。

さて、あとはもう俺のやれることはない。

ここは立ち去り、あとで死体のありさまでも確認しに来るとするか。

――だが、ギガントドラゴンはそれだけでは死ななかった。

「――――！」

ドラゴンは穴の中でもがく、もがく、もがく。

あまりの震動に足をとられて、俺は立っていられなくなった。

くそっ、なんだこいつ……。

【ホール】で作った落とし穴が破壊されそうだ。

そうだ、俺は失念していたのだ。いかに相手を罠にはめて、完全勝利の状況を作ったとしても、だ。――これはカードゲームの勝負じゃない。

いくらルールにのっとって相手を倒したところで、生きるか死ぬかの戦いなのだ。

そう簡単に命を諦《あきら》めて、負けを認める奴なんて、いない。

ギガントドラゴンは跳躍した。

尻尾《しっぽ》で強く地面を叩《たた》き、穴から脱出しやがった。

——そんなの、事前情報になかったぞ。

『ギャオオオオオオオオオオオ‼』

天まで震えるかのような雄叫《おたけ》び。その叫び声で、俺の体は完全に停止してしまっていた。

なんだよ、動けよ。

ちくしょう。こんなところで死んでたまるかよ。

ギガントドラゴンは焼けたその体で、こちらに向かってくる。

くそっ、くそっ。

そのときミエリが俺の頬をひっかいた。

「っ、ってぇえな！　てめえ！」

「にゃー！　にゃにゃ！　にゃー！」

わかっている。俺を正気に戻してくれたんだろう。

だがそのときにはもう、ギガントドラゴンは目の前に迫ってきていて。

その腕を振り上げていた。

もうだめだ、と思ったとき。俺の体が何者かに持ち上げられた。

「——ご、ごめんなさい、遅くなって！」

ナルルースだ。

ギガントドラゴンは怒り狂いながら俺たちを追いかけてきている。

間一髪でナルに助けられた俺は、彼女と一緒に走っていた。

「てめえ、なにがひとりで大丈夫だ！　騙しやがったな！」

「嘘じゃないよ！　当たれば倒せるんだから！」

ぎゃあぎゃあとわめく。

ギガントドラゴンに吹っ飛ばされたはずのナルは、ピンピンしていた。

本当に人間の体か？　防御力高すぎるだろう。

「もともと体は丈夫なほうだからね！」

限度がある。

「しかしすごいね、あの体！　キミがやったんだ!?　大したものだね！　やっぱりあたしの目に狂いはなかったんだ！　マサムネくんすごーい！」

「俺の目は狂いまくっていたよ！」

しかし、なんつータフさだ、ギガントドラゴン。

どこまで逃げりゃ、引き離せるんだ。

「もう一度距離を取って、遠くから狙い撃つから！　今はいったん逃げよう！」

「どの口が言うんだてめえ！」

「大丈夫！　任せて！　あれだけ大きな体だよ！　十発も射ればそのうち当たるでしょ！」

「俺もそう思っていたさ！　だが当たらなかっただろうがあああああ！」

俺は強くナルの腕を引く。

前につんのめるようにして、彼女は足を止めた。

「ちょ、ちょっと、なに⁉　追いつかれちゃうよ⁉」

「いいか⁉　ナル！　てめえは屑カードだ！　それも当たるか当たらないかという効果が五分五分……いや、命中一厘の失敗九割九分九厘の屑カードだ！　本当の屑カードっていうのは、効果は低いが確実にダメージを与えることができる！　安定性のないお前はつまり屑屑《クズクズ》カードだ！」

「ちょっとあんまり屑屑言わないでよ！」

涙目のナルに、俺はめいっぱい顔を近づける。

そして怒鳴った。

「だが、どんなカードも使いようだ！　来い！」

「え、え、え、え？」

「俺がお前を使ってやる！　お前の戦場は弓の射程じゃねえよ、ここだ！　【ホール】　そして　【ホール】　！」

「わ、きゃあ、ええっ⁉」

俺とナルはふたりで落とし穴に落ちる。

狭い穴の中に、押し合いへし合いふたりきり。

だがもう、女の子の柔らかさを感じているような余裕はなかった。俺は必死だ。

「ちょ、え、なに⁉　なに⁉　あ、やだ⁉　ちょ、どこ触っているの⁉　キミ、まさか死ぬ前にあたしと、とか、そういうことを思っているんじゃないよね⁉　待って、早まらないで⁉」

「俺たちはここだ、ギガントドラゴン！　ここにいるぞ！」

「なにー⁉」

すぐにギガントドラゴンが追いついてくる。

だが、やつの尻尾は太くて短い。この穴にいくら突っ込もうとしても、入るものではない。

となれば、やつの行動はひとつ――。

「さあ、やれ、ナル！」

「え、えええ？」

竜穿は真上を向いたまま、穴の真ん中あたりで引っかかっている。

そんな穴を、影が覆った。

ギガントドラゴンだ。

暴竜が大きく息を吸い込む。

そう、やつは、この穴の中に特大のストーンブレスを放射しようとしているのだ。

ならば、口は穴の前にある。

無防備な、その頭部がある――。

「お前の射場はここだ！　食らわせてやれ！」

「――！」

さすがのナルも気づいたようだ。

引っかかっている竜穿を掴み、壁に立つようにして弓を構え、そして、思いっきり弦を引く。

「乾坤一擲《けんこんいってき》！　一騎当千！」

巨大な矢が出現した。

さあ、ぶちかましてやれ。

目の前には、いっぱいの竜の口。狭い穴の中では、矢もどこにもゆくはずがない。

決めろ、お前の決定打《フィニッシャー》を。

零距離射だ――。

「――我がこの弓に、貫けぬものなし！」

ナルの目がカッと輝くと同時に、竜穿はその破壊力を解放した。

凄《すさ》まじい音が響き渡る。

矢が口内から、その脳へと突き抜けてゆくのが見えた。

直後、影に覆われたはずの穴からは、空を仰ぎ見ることができた。

――青空だ。


はぁ、はぁ、という息遣い。

それは俺のものだったのか、それともナルのものなのか。

ぐったりとした俺が空を仰いでいると、ギガントドラゴンの体から出た一筋の輝きが、フォルダの中に吸い込まれてゆくのを見た。

そうか、あの灰色のカードに色がついたのか。

あとで確認しよう。

今は、ただ、疲れた……。

ナルはその華奢《きゃしゃ》な体を俺に預けている。

暗い穴の中で、俺たちはふたりきりだった。

すぐそばに、頬を赤らめた美少女の顔。

汗をかいて、紅潮していた。

「は、ははは……や、やった……やったよ、キミ……」

「…………ああ、本当にたった一撃だったな」

俺は深い息をつく。

弓から手を放したナルは、感極まったような声をあげた。

「……あの一撃、す～～っごく、きっもちよかったぁ～～～……」

――ナルが、見事に竜を穿《うが》ったのだ。

後に、ギガントドラゴンの死体を確認しに行った冒険者ギルドの使者は、その亡骸《なきがら》を見て歓声をあげた。

ホープタウンの脅威がついに取り除かれ、そして俺たちはこの町の英雄となった。

◇
◆
◇
◆
◇

その夜、ギルドでは祝宴が開かれていた。

辺りには肉の焼けるすごく良い匂いが充満している。

——そう、焼肉パーティーだ。


物語は少し前にさかのぼる。

ギガントドラゴンの返り血まみれで帰ってきた俺たちを迎えた門番のおっちゃんは、非常に驚いた顔をしていた。

そうして叫ぶ。

「まさか、本当にギガントドラゴンを退治したというのか！　お前たちが、そんな、なんてことだ……そんなに血だらけになるほど戦って！　俺は、俺は自分が恥ずかしい……！　お前たちみたいな子どもに戦わせるだなんて！」

ひとりですごい盛り上がっているな。

ナルは気分良さそうに胸を張っていた。

「あたしは弓を射《う》っただけで、それ以外のすべてはマサムネくんがやってくれたんだ。この人、こんなみすぼらしい見た目だけど、本当にとんでもない人なんだよ！」

一言余計だよ、ナル。

カッ、とおっちゃんは目を見開いた。

「ああ、ああ、マサムネさま……。ありがたや、ありがたや……」

拝まれている……。やめてくれ……。

「さあみんな！　マサムネくんの偉業を称《たた》えて、拍手ー！」

ナルが両手を広げると、町の門の前に並んでいた商人や木こりたちも、『おー』と拍手を浴びせてくる。

なんだこれ……。

冒険者ギルドに帰ってきた俺を見た受付ババアも、似たような反応をした。

ギガントドラゴンの死体を確認しにゆくために使者が走ってゆき、俺たちは少し待たされた後、ギルドの中にある職員用の風呂《ふろ》へと案内された。

この世界にもどうやら風呂はあるらしい。ありがたい話だ。

男女それぞれ分かれていたので、俺とナルは別々の風呂へ。猫ミエリも当然ナルのほうへと走っていった。

木を繋《つな》ぎ合わせたその風呂は、大人四人は余裕で入れそうなものだった。慌てて風呂を入れてくれたらしく、湯は透き通っていて綺麗《きれい》だ。

血やらなにやらで汚してしまうのが申し訳ない……。

じゃぶじゃぶと体を洗って出ると、着替えまで用意してくれたようだ。シャツとズボンのはき心地はなかなか。下着も現代日本のとは違うが、あんまり違和感がなかったな。

風呂を出て少し待つと猫ミエリが先に出てきて、遅れて廊下にナルもやってきた。

「お待たせしました」と言う彼女の濡《ぬ》れ髪《がみ》は、艶《つや》やかで非常に美しい。光に反射してキラキラと輝いている。

さすがエルフだ。これが屑屑カードだとは思えないな。

するとナルは頬を赤く染めながら、そのぺったんこな胸を軽く手で隠してみせた。

「……な、なんか、変なことを考えているでしょ」

「考えている」

「うっそだー、やらしいんだからー……って、考えているの⁉　や、だめだってそういうの⁉」

ナルは顔を真っ赤にしてばたばたと両手を振る。

俺はため息をついて、彼女の横を通り過ぎた。

ま、いいじゃないか。今回は死ぬような思いをしたが、その結果、金貨をもらえるのなら。終わり良ければなんとやら、だ。

そんなことを思いながら、受付へと戻る。

大歓声が、俺たちを出迎えた。

「いやあまさか、ギガントドラゴンを倒してしまうなんて！」

「あっぱれじゃ！」

「いやー、すげーよ、すげーよ。これはこれはすげー新入りが入ったもんだなー！」

そんなわけで、焼肉パーティーである。

肉は、ギガントドラゴンのものだ。

焼けた肉を一口ほおばると、ジューシーな肉汁が口の中に溢《あふ》れた。

食感はとろけるほどに軟らかく、旨みがぎっしりと詰まっている感じだ。

「うお、うまいな……」

なんだこれ、ドラゴンの肉ってこんなにうまいのか……。

牛よりもずっと軟らかくて、味が濃くて、体中に染み渡るような……。

感動に震えながら顔をあげると、足元にいた猫ミエリも「〜っ！」と目を白黒させていた。

そうか、うまいか、良かったな。

バラバラになった死体を回収してきた職員たちは、俺たちを褒め称えた後に、ギガントドラゴンの処分を聞いてきたのである。

これはギルドクエスト達成報酬とは、どうやら別のものらしい。

死体のパーツの大部分はギルドのものだが、しかし残りの一部は俺たちふたりで好きにするといい、と言われてしまった。

なんでも皮は装備品に、骨は武器に、内臓は薬に、そして肉はうまいと言われたので、加工屋に引き取ってもらったりなんだりして、そのおススメ通りにやってみた。

だが、ギガントドラゴンの肉は大量だ。

俺とナル、それにミエリで食べきれる量ではない。

だったら、今までギガントドラゴンに苦しめられてきた人々を呼んで、盛大に供養すべきだと思ったのだ。

というわけで町の人総出の、焼肉パーティーの開催である。

鉄板は皆が持ち寄り、なけなしの薪《まき》を放り込んで火を焚《た》いている。

だが心配はいらない。森の魔物は退治されたんだ。これからいくらでも、薪を取れるだろう。

人々の顔には笑顔があふれている。だってこんなにうまい肉がタダで食えるんだもんな。しかも自分たちの生活を脅かしてきた憎き魔物の肉だ。そりゃうまいに決まっている。

あの陰気な受付ババアも、今だけは幸せそうに舌鼓を打っている。

うん、なんか、あれだな。もしかしたら俺たち、いいことをしたのかもしれない、って思うよな。

と、俺は見たことのある顔を見つけて、その場を離れた。

そこにいたのは禿《は》げ頭の男、ゴルムだ。

彼は俺に気づくと、ムスッとした顔になる。

「よう、食べているか？」

「……お前か」

「ギガントドラゴンの肉、すごいよな。俺、余った分は燻製《くんせい》とかにして、宿屋に保管してもらおうと思っているんだ」

「……大したやつだよ、お前は」

見れば、ゴルムは手に皿もなにも持っていない。

こんなにおいしいのに、食べていないのか。もったいないな。

俺は手伝ってくれている町娘に声をかけて、皿とフォークを持ってきてもらう。そしてそれを、ゴルムに押しつけた。

「ほら」

「……なんのつもりだよ」

「いや、別に。でもおいしいぞ？」

「……変わったやつだな、お前は」

じろじろと変な目で見られた。

そうかね？

「……ラッセルの仇《かたき》を討ってくれて、ありがとな」

俺は頭をかいた。なんだかんだでギガントドラゴンから逃げ延びることができたのも、【ラッセル】のおかげだったしな。

「これからはよろしくな、冒険者の先輩」

「……ああ」

まだ彼は浮かない顔だった。

弟さんが亡くなったんだ。すぐに切り替えるというわけにはいかないんだろうな。

ゴルムは焼肉を一口頬張る。すると驚いた顔をした。

「……うまいな」

「だろう」

俺はにやりと笑う。

ハッと気づいたゴルムは、やはり怒ったような表情で、そっぽを向いたのだった。

ギガントドラゴンの肉はうまい。俺はすぐに腹いっぱいになってしまった。


宴もたけなわとなった頃。俺たちは金貨八枚を分け合った。

きらきらとしていて、綺麗だな、これ。さすがは金貨といったところか。

ナルはさっきから、そわそわとしている。

「ね、ねえ、そういえば、森の中で約束したよね？」

「ああ？」

「ドラゴン退治が終わったら、特別なお礼をするから、って」

「言ってたな……」

あの頃はナルも戦力になると思っていたんだよな。

するとナルは、嬉《うれ》しそうに自らの胸を叩《たた》いた。

なんか、前より目がキラキラしているような気がする。

あの夜よりも、わずかに距離が近い。なんだなんだ。照れちゃうぞ俺。

「キミもこれから冒険者として生きていくんでしょ？　あたしもそうなんだ。冒険者として身を立てたいと思っているの。どんどんと魔物や竜を退治して、この弓とともに生きていくんだ！」

「そ、そうか。がんばれよ、ナル」

「だからね、あたしがキミの力になるよ！　あたしを一番上手に使えるのは、キミだと思うから、ねっ。このアーチャーの力、キミのために存分に役立てるから！　これから一緒によろしくね！」

体をもじもじと揺らしながら、献身的な言葉を投げかけてくるナル。

やばい、これはあれか。俺が屑《クズ》カードであるナルをうまく使ったから、気に入られてしまったのか……？　ううむ……。

俺は微妙に目を逸《そ》らしながら、その場を取り繕った。

「その話はあとにしよう、ナル」

「あ、そ、そっか、そうだよね。ごめんね、今は疲れているよね。あたしは普段、冒険者ギルドにいると思うから、またあとでね！」

そう答えると、ナルは頬を赤らめながら走り去っていった。後ろ姿は女の子らしくて可愛らしい。まるで恋をする乙女のようだ。まあ、そんなわけはないんだろうけどさ。

しかし、なにか勘違いしているな、あいつ。まだパーティーに入れると言ったわけではないんだが……。

まあいいか。

「さ、帰るかミエリ」

「にゃーん」

疲れたー、とばかりに首を回すミエリ。

いや、別にお前なにもしてないけどな。

宿を探すのは面倒だし、昨夜泊まったところでいいや。

ふう、お金が手に入ると、ちょっと安心するな。きょうは早く寝よう。

俺たちは帰路につく。

さて、なにを買うか楽しみだな。まずは服か、あるいは防具か。それに武器もほしい。宿も少しグレードの高いところに移ってもいいかもな。

しばらくは自堕落に過ごそう。

屑屑《クズクズ》カードのせいで、大変な目にあったからな！


その夜だ。宿で目を瞑《つぶ》っていた俺は、なかなか眠れなかった。

だめだ。

天井を見上げて、俺はため息をつく。

なんだよ、今さらになって手が震えてきた。

そうか、あと一歩で死ぬところだったんだよな。

急に実感が沸き上がってきた。

火の中で暴れ狂うギガントドラゴンの光景だとか。ギガントドラゴンがこちらを睨《にら》んで、その爪が振り下ろされる瞬間が、何度も何度もリフレインした。

ったく……。わかっていたさ、ここは異世界。常に命のやり取りが行われているんだ。これからもこんなことが何度も起きるだろう。

胸が妙にドキドキする。

そんなとき、だ。「にゃあ」と鳴いて、ミエリがやってきた。

なんだお前、ソファの上で寝ていたんじゃないのか。

ミエリは尻尾《しっぽ》をぺしぺしと俺の顔にかぶせる。

なにやろうとしているんだ。

「腹でも減ったのか。あんだけ肉食ったのに」

「にゃー」

首を振られた。

まさかとは思うが。

「……お前、慰めてくれようとしているのか」

「にゃ」

ぽんぽん、と尻尾が頬を撫《な》でる。

はあ、こいつがねえ……。

俺はなんとなく、ミエリの背中を撫でてみた。

元は生意気な女神とはいえ、今は猫の体だ。柔らかくて、ふわふわで、気持ちがいい。

アニマルセラピーってやつか、これ。

「……ミエリ」

「にゃ？」

トクベツに背中を撫でさせてやっているんだぜ、とばかりにドヤ顔をしていたミエリは、首を傾げた。

俺は彼女をじっと見つめる。

「……にゃ？」

なぜか妙にそわそわし始める女神。

俺は迷ったが、小さくつぶやく。

「ミエリお前、その格好って結局、全裸なんだよな……。だから尻尾を持ち上げると、色々と、その……」

「にゃあああああああああああああ！」

猫の悲鳴とともに、俺は彼女を手放し、寝返りを打った。

ま、なんとか寝られそうだよ。

サンキューな、ミエリ。


翌日、【ラッセル】のカードに頼り切った弊害か、俺は地獄のような筋肉痛で目覚めた。

第四章　『大泥棒・正宗』

俺とナルは町の外の平野にやってきていた。

ミエリは俺の肩の上に乗ったまま、あくびを噛《か》み殺す。

「見せてもらおうじゃないか、お前の実力を」

「任せておいて」

エルフの美少女は緊張もなく涼しげな顔であった。

彼女はどしんと地面に大弓『竜穿』を突き刺すと、思いっきり弦を引く。

そこに巨竜を一撃で貫いたあのバカデカい矢が召喚された。

ナルの凛々《りり》しい視線が見据える先には、俺が作った小さな木の的がある。

大体、距離は十メートルほどか。

ぺったんこな胸を張り、ナルはギリリと奥歯を噛み締める。

「乾坤一擲《けんこんいってき》！　千発千中！」

その手から矢が放たれた。

うなりをあげて空気を切り裂いた矢は、カーブを描いて上空を一回転し、そのまま俺の足元に着弾した。

　土が舞い上がり口の中に入る。うにゃー！　と油断し切っていた猫の叫び声があがり、ぺっぺっと俺は反射的に唾《つば》を吐いた。

「あああっ、ごめん！　こんなはずじゃ！」

「……次だ」

　謝るナルに指示する。

　彼女は的への距離を縮めた。今度は五メートルほど。

　さすがにこの間合いで当たらなければ実践的とは言えない。

「乾坤一擲！　万発万中！」

　外した。

　さらに距離を縮める。二メートル。

「乾坤一擲！　億発億中！」

　外した……。

　もはや五十センチの距離で、ナルは涙目で矢を放つ。

　それすらも当たらず、俺は叫んだ。

「もうやめろー！」


　ナルがパーティーを組みたいとすがりついてきたのは、構わない。

エルフの美少女だ。見てくれは申し分ないし、人格的にも問題ない。多少優しすぎる面はあるが、まあそれは置いておこう。

だが、彼女はなにができるのかというと……。

『そりゃあアーチャーだからね！　弓の扱いはお手の物だよ！』

そこまで言うならテストをしようじゃないか、と町の外までやってきたのだが……。

結果はご覧のありさまだった。

さっきまで落ち込んでいたナルは、手をじたばたと振り回す。

「といっても、この弓を引けるのは里であたしだけなんだよ⁉　その才能を買ってはくれないの⁉」

「当たらなきゃ意味ねえんだよおおおお！」

町への帰り道をたどりながら、俺は叫ぶ。

「なんなんだよお前！　そんだけ腕力がすげえんだったら、でっかいハンマーでもぶんぶんと振り回していろよ！」

「はっ、ハンマー投げ……？　遠心力をつけた一撃で相手を粉砕する……？」

「絶対やめろよ！　水平に飛んできたのが当たったら、死んじまうよ！」

「相手に狙いつけているのに、マサムネくんに当たるわけないじゃん。なにを言っているの？」

「きょとんとした目で言っているんじゃねえええええ！」

ぐにぐにぐにと、この貧乳エルフの頬を引っ張る。

「いたひ、いたひよ、ましゃむねくん！」

「くっそう……。とりあえずお前は保留だ、保留……」

「えっ、なんで仲間にしてくれないの⁉　あたし凄腕《すごうで》のアーチャーだよ⁉」

「お前あの結果を見てよくいけしゃあしゃあと言えたもんだなあ！」

見た目だけは百パーセントだが、アーチャーの才能はゼロパーセントだよ！

俺が怒鳴ると、ナルはこちらをキッと睨みつけてきた。

「もういい、いいもん！　マサムネくんのばかー！」

そのまま走り去ってゆく。いや、途中で止まった。

おずおずとこちらを振り返りながら。

「ば、バカっていうのは、別にそんなにひどい意味じゃなくて……。言葉のあやっていうか、マサムネくん、傷ついたらごめんね……？　本心じゃなくて、その、大丈夫？　おなか減ってない？

ごはん食べにいく……？」

「いいから行くならさっさと行け！」

叫ぶと、もう一度ナルは走り去っていった。

「うわあああん、マサムネくんのばかー！　この辺り町の外だから帰りは気をつけてねー！」

あれは捨て台詞《ぜりふ》なのかなんなのか。

俺は頭をかきながら、町へと帰る。

ナルのサバイバル技術は高いから、なんとか効果的に運用したいものだが、難しいな。

俺は慎重に慎重を重ねて歩き、危ない通りを避けて無事に宿までたどり着いた。

ちょっと外を散歩してきて疲れたからな。きょうはもう寝よう。

体中筋肉痛で痛いし。

ミエリはにゃーにゃーと騒いでいたが、しかし俺は気にしない。

これからのことは、金貨が少なくなってから考えればいいんだ。金持ちは慌てないのさ。

翌日。昼過ぎに目覚めると、ドアにはこんなカードが貼りつけてあった。
そこには——。
『金貨四枚、確かにいただきました。
——銀の怪盗　ジャスティス仮面より』
と、あった。
ふざけんなああああああああああああああああ！

◇　◆　◇　◆　◇

盗まれたのだ。俺のなけなしの金を、財布ごと、盗まれたのだ。

ゆゆしき事態であった。

俺は大股《おおまた》歩きで冒険者ギルドへと向かっていた。

右手で、猫のミエリをむんずと掴《つか》んでいる。

「お前は、獣だっつーのに、泥棒にも気づかずにぐーすか寝てたのか！」

「にゃにゃにゃーにゃにゃ！」

「わっかんねえよ！　くっそ！」

大変なのは、一日銅貨二十枚の宿代だ。今のところ、俺たちは金貨四枚を手にしていると思われている。昨日見せびらかしたからな。

だが、もし俺たちが文無しだとバレたら、料金の踏み倒しだ。衛兵に突き出されてしまうだろう。勘弁してくれ。異世界で犯罪者なんて、真っ平だ。

だからといって、タダ同然の馬小屋に泊まるのも、嫌だ……。

ベッドがいいよお……。一度あがった生活レベル落とすのは、容易じゃないんだよお……。


冒険者ギルドのドアをバンと開く。

聞き込みをするならここが一番だろう。

「あっはっはー、いやあ参ったねえ、でもあたしの体はひとつしかないからさぁ、あっはっはー」

すると、冒険者たちに群がられているデレデレの顔のナルが見えた。

なにやってんだこいつ。

「あ、マサムネくん！　ちょうどよかった、今あたし、パーティーに勧誘されすぎちゃってさあ。ほら、近くの森が平和になったといっても、まだ怖いでしょ？　だからギガントドラゴンを倒したあたしたちに一緒に来てくれ、っていうんだよ。ねえねえ、みんな、この人があたしと一緒にギガントドラゴンを討伐したマサムネくんだよー！」

おおー！　と歓声がわく。

すると、俺もあっという間に取り囲まれた。

「彼がギガントドラゴンを討伐したつわものか！」

「へー、なかなかかわいい顔しているじゃないの」

「ラッセルの仇《かたき》を取ってくる、と言い放った男気も持ち合わせているらしいぞ」

「素敵、抱いて！」

最後の言葉は野太い声で聞こえてきた気がする。詳しくは考えないようにしよう。

うちのパーティーに来てくれ！　という勧誘がすごい。

ええい、俺はそれどころじゃないんだ。

俺は懐からカードを取り出した。ジャスティス仮面と名乗るクソ野郎が置いていったカードだ。

「それよりも誰か、これを知っている者はいないか？」

ひょい、とそのカードを受け取ったのは、あの禿《は》げ頭の男、ゴルムだ。

「ああ、こいつか。今ホープタウンを騒がせている怪盗だな。金持ちからしか盗まないっていう、義賊を自称しているやつだ」

「義賊だと……」

だったらなんで俺から盗むんだよ！　金なんてない。あの金貨が全財産だった！

これじゃあ明日《あした》からパンとタンポポコーヒーで過ごすことになるぞ……！

「くそう、なんてやつだ。誰か捕まえようとしていないのか、衛兵はどうしている」

「つっても、ここ最近は森の警戒で大忙しだったからな。確か、昨日辺りから手配書がようやく出回り出したようだぞ」

ゴルムは親指で依頼の貼られたボードを差す。

こいつ、いいやつだな、ハゲのくせに。

「ありがとよ、ゴルム」

「……別にな。お前はラッセルの仇を討ってくれたしな」

頬をかくゴルム。

ゴルムが出てきたからか、俺にきっぱりと断られたからか、冒険者たちの輪はナルの元へと行ったようだ。

あいつ、絶対に役に立たないと思うんだけどな……。

ま、いいか。人目がなくなったので、冗談のつもりで俺は一枚のカードを取り出した。

オンリーカードだ。

「じゃあ、こいつはお礼だよ」

「あぁ？」

手に持ったオンリーカードをポケットの中で発動させる。

「【マシェーラ】」

禿げ頭の寝癖を直すとどうなるのか。やってみたかったのだ。

無論、衝動的ではないぞ。どんなことになるのか、事前に考えていたからな。

といっても、結局なにも起きることはないんだろうけど——。

「うおっ⁉」

ゴルムの頭から、わずかに髪が生えだした……。

なんだこの力は……。

禿げ頭が、五厘刈りみたいになっている。

「こ、こいつは……？　なんだああ⁉　俺の頭になにが起きていやがるううう⁉　あああ、力が！　力がみなぎってきた……！　まさか、まさか頭を手で撫《な》でたこの感触はあああああ⁉」

「よ、よし、じゃあクエストボードを見に行こうか、ミエリ！」

「にゃ、にゃん！」

恐ろしい。【マシェーラ】の隠された力が明らかになった瞬間だ。

ちょっと待て。ということは、【レイズアップ・マシェーラ】は髪が伸びるのか？

もし俺がそんな力を持っているとバレたら……。世の中のハゲどもから、追いかけまわされることになる……！

それだけで一生食べていけるかもしれないが、嫌だ……。こんな若さで、生涯ハゲまみれで生きていくのは、嫌だ……。

よし、今の効果は見なかったことにしよう。そんなことよりクエストボードだ。

「にゃー……？」

ボードの依頼の数は、そんなに変わっていないな。

ギガントドラゴンが倒されたとはいえ、安全が保障されたわけじゃないもんな。こわいよな。

その中で一枚の紙を見つけた。

「あったあった」

『義賊ジャスティス仮面の捕獲依頼』と書いてある。

ったく、ふざけた名前をしやがって……。金貨四枚、絶対に取り返してやるからな。

ええと、こいつを持ってどこへいけばいいんだ。受付ババアのところか。

すると、ひょこっとナルが顔を出してきた。

「なになに？　なにか依頼を受けるの？　あたしも一緒にいく？」

「……ああ、そうだな。って、たくさんのパーティーに勧誘されているんじゃなかったのか？」

「え、でもマサムネくんのほうが心配だし。なんか危なっかしくて、見ていられないんだよね」

まるでお姉さんのように笑うナル。

どちらかというと、お前の弓さばきのほうが危ないけどな。

まあ来てくれるというのなら、連れて行かない理由にはならないだろう。体も頑丈だし、体力あるし、もしものときにな。

受付に向かうと、ババアがやはり気味の悪い笑いをあげる。

「おや？　その依頼をやるのかい？　いひひひひ」

「ああ」

俺は目に炎を浮かべながらうなずいた。

「今さっき、新しい依頼が届いたばかりだからねえ、内容を上書きしようと思っていたんだよ」

「……新しい依頼？」

ほいよ、と小さな紙切れを手渡される。

そこには『怪盗に狙われた我が美術館を助けてくれ！』とあった。

……ほう。

◇◆◇◆◇

「ガッハッハッハ！　きみがあのギガントドラゴンを退治したという、凄腕の冒険者かね！　わしはこの町で美術館の館長をしておる、ダガール＝シャザールだ！」

「ども」

声のデカいオッサンだな。ふっくらと太ったその姿は、肥えたウシガエルを連想させる。いやいや、依頼人をそんな風に言ったら失礼か。せいぜいデカいアマガエルにしてやろう。

ここは美術館の事務所だ。ナルとふたり、依頼を受けてやってきたのである。

ていうかファンタジーの世界にも美術館ってあるんだな。儲《もう》かるんかね。

アマガエルは腹を膨らませながら笑う。

「いやあ、きみのような人が来てくれるとは、なんと心強い！　こっちに来てくれ！　我が美術館を案内しよう！」

「はあ」

ミエリを肩に乗せたまま、俺とナルは美術館をぐるぐると回る。

価値のわからない絵や彫刻、ファンタジーチックな剣や鎧《よろい》、弓や杖《つえ》などが並んでいる。

ここらへんは現代の美術館と、そんなに変わらないな。

「面白いねー」

はしゃぐナルは森で育ったからか、なにもかもが新鮮そうだった。

すべて回って十分ほどか。

ちょうどいい大きさの美術館の最奥に、それはあった。天に向かって祈りを捧《ささ》げている美しき乙女の像だ。

おお。ぐるっと美術館を回ってきたが、その中でもこいつは綺麗《きれい》なもんだな。なによりも、モデルがいい。いったい誰の像なんだろう。

いや、待てよ……なんかこれ、見たことがあるような……。

「盗まれようとしているのは、われらが美しきミエリ像だ！」

「ぶっ」

俺が噴き出すと、足元に降りていた猫ミエリが、ふぁさぁと頭の毛をかきあげる。

「な、なるほど、素晴らしい彫刻だな」

「おお、おお、わかるかね！　これこそあの稀代《きたい》の芸術家、ソレナン＝テリタマの作である！」

「わかるとも。モデルがどんなに残念で慌てん坊でチョロくてバカでも、ここまでのものに仕上げるのだから、これが一流と言わずしてなんと言うか」

「にゃー！　うにゃー！」

抗議の声をあげてくる猫には構わず、うんうんとアマガエル親父もうなずく。

「そうだろうそうだろう。わしも正直なところ、女神ミエリはマイナーだしあまり興味はなかったのだが、この像には一目ぼれしてしまってな！　金にもの言わせて自分のものにしてしまったのだよ！　ずいぶんとあこぎな手段にも手を染めてしまったがね！　ガーッハッハッハ」

うなずき合う俺たちを見上げて、猫はなぜか鳴きわめきながら床をごろんごろん転がっていた。

「ところで、その猫はいったいなにかね？　美術館にペットは立ち入り禁止なのだが」

「ああ、まあ、なんだろうな。気にしないでくれ。絵をひっかいたりはしない」

「ひっかく気満々のような目にも見えるが……」

本当だ。野性に満ちている。

俺はミエリを持ち上げ、「だめだぞ」と念を押す。

ここで追い出されたら金貨四枚から遠のくからな。それはお前も嫌だろう。しばらくまたパンとタンポポで生きることになるからな。

そのようにミエリを説得すると、俺は改めてアマガエル親父に向き直る。

「で、怪盗からの予告状が届いたんだろ？」

「うむ、これじゃ！」

どれどれ。


『地に落ちた流れ星、ここに参上。

今夜月が頂点に輝く時間、転生と雷の女神を頂きに参ります。

——銀嶺《ぎんれい》の怪盗　ジャスティス仮面より』

金貨が奪われたときに貼りつけてあったカードと、大体似たようなものだな。

「この女神像は金貨にして四百枚分！　絶対に奪われるわけにはいかんのだ！　絶対にだ！」

「よんひゃくまい⁉」

「にゃんにゃにゃにゃにゃん⁉」

俺とミエリは同時に叫ぶ。

ちょ、ちょっと待て。

串焼《くしや》きが一本銅貨一枚だろ。銅貨百枚で、銀貨一枚。銀貨十枚で霊銀貨一枚。霊銀貨が十枚で金貨が一枚、だったかな。

ってーことは、銅貨一枚が大体百円だとしたら、ええと、金貨は一枚百万円。

つまりこのミエリ像は、四億円か……。こんなものが……。

俺は生唾《なまつば》を呑《の》み込む。

「ひょっとして、ミエリをセメントで固めて売ったら、四億手に入るのか……？」

「にゃ⁉」

「いや、だめだな。本物のミエリじゃ無理だ。こんなに綺麗にはならないもんな」

「にゃあああああああああ⁉」

アマガエルは腹を揺らしながら自信満々に言っていた。最強の私兵を雇い、包囲網を張ったのだとか。

「猫一匹踏み入るスキマなどない！　これならば怪盗ジャスティス仮面、恐るるに足らず！」

ということらしい。

「なんかマサムネくん、きょうは目がこわいね……」

ナルがこれ以上ないというほどの苦笑いとともにつぶやいていたが、しかし俺の胸に宿る火はその程度では鎮火はしない。

絶対に捕まえてやるぞ、ジャスティス仮面……。


夜になり、俺は油断なく辺りを見回していた。

「いいか、ナル。怪しいやつがいたら真っ先に俺に知らせろよ」

「ふぁーい」

ナルはあくびを噛《か》み殺しながらうなずいた。

くそう、こいつ、本気度が足りないな……。

お金は大事だ。この世界、信じられないものばかりだけれど。でも金だけはいつでも俺たちを裏切らない。

といっても、今の俺は金に目がくらんでいるのも事実だ。

ここは頭を冷やすために、そこらへんの私兵たちから怪盗の判断材料を集めながら待つとしよう。


怪盗ジャスティス仮面。ここ三か月間、このホープタウンで暗躍している怪盗らしい。顔を仮面で覆っている凄腕《すごうで》のシーフだそうだ。

あちこちで彼による被害が叫ばれているが、しかしその姿を見た者はいない。

「おう、お前燃えているな」

雇われ私兵が、俺の肩をぽんぽんと叩《たた》く。

俺が目を向けると、私兵の男はわずかに後ずさった。

「お、お前、目が怖いぞ」

「俺には金貨を奪われた人の気持ちが痛いほどにわかるんだ。きっとそれで宿代を払おうとしていたに違いない。そのお金で一か月はごろごろしようと思っていたはずだ。なのにそんな貴重な時間を奪いやがって、絶対に許せない……」

「あ、ああ。なんかめちゃめちゃ具体的だな。まあ、がんばれよ」

許せない。絶対に許せない。

この俺を相手に盗みを働くことが、どれほどの狼藉《ろうぜき》か味わわせてやろう。

想定される侵入コース、仕掛け、手段、様々なものを考え尽くして、逃げ道を封じてやろう。

――獲物をからめとるクモのようにな。


そしてその夜、わずかに欠けた月が頂点にのぼった頃。

やつは現れた。


猫ミエリが美術品に寄りかかりながらすーすーと寝息を立てて、俺の神経をゴリゴリと逆なでしている真夜中。

異変は予兆もなく静かに起きた。

「ちと疲れたな。夜風でも浴びてくるか」

などとつぶやいた男が、しばらく経っても戻ってこなかった。

様子を見に行った二人目も、姿を消した。

俺は全員にその場から動かないよう命じ、怪盗が現れたであろうことを合理的に判断した。

あの野郎、俺たち警備員をひとりずつ消すつもりか。そうはさせねえよ。

正門には無数の落とし穴を作ってある。窓にも同様に、ナルから教わった獣獲《と》りの罠《わな》を仕掛けた。あとは通用口と屋根裏だが、そこにも見張りを配置している。鼠一匹入る隙はない。

だが、それだけではだめだ。

俺の役目は美術品を守ることではない。ジャスティス仮面を捕まえることだからな。

「いやあ、遅れたよ、すまんすまん」

最初に出かけた男が戻ってきた。

「ポケットに入れといた酒でいっぱいやっちまってな」

スキットルを見せびらかしながら言うこの男の声は、妙に若々しい。

そうさ、最初に戻ってくる男を美術館の中に入れること——。

俺はそう指示していたのだ。

「——そいつがジャスティス仮面だ！　捕まえろ！」

叫ぶとともに、たくさんの男たちが変装したジャスティス仮面に迫る。

男はきょとんとした顔をしていた。しかしごまかしきれなくなったと悟ったのだろう。『ニヤリ』と笑った。

——まずい。こいつ、俺の作戦を読んでいたか！

次の瞬間であった。その男の体が膨らんで、白い煙が立ち上ったのだ。

くそっ、目隠しか！

ここは密閉している空間だ。このままでは取り逃す。

「任せて！」

そこで警備員の格好をしたナルが叫ぶ。

いつものように弓を背負っていた彼女はそれを引き絞り――。

「やめ――！」

俺の制止の声も聞かず、ナルは竜穿を放った。

それは俺の足元に突き刺さり、そして床をぶち抜いた。

「うおおお！」

「――っ」

俺とその近くにいたひとりの男が地下へと落下した。

そこは美術館の倉庫のようだ。なんとか無茶な体勢から受け身を取って着地する。

【ラッセル】のカードのおかげだな……。

そして、目の前にいたのは。

「カイミン草の煙幕は空気よりわずかに軽い。あの一瞬に床を崩して、地下へと降りるとはやるね。実行力、知識量、機転、どれひとつ取っても一流だ」

白い仮面をつけた銀髪の男であった。

細身だ。身長は俺よりわずかに高いか。腰に二本の短剣を佩《は》いており、その目は鋭かった。

「――けれど、僕には劣る」

「……てめえ」

互いに向かい合う。距離は数メートル。

言っちゃあなんだが、強者のオーラをビンビンと感じるな。

「……来い、バインダ」

俺は手の中にカードバインダを召喚する。

それを見て、銀髪の優男《やさおとこ》はぴたりと立ち止まった。

「変わった術を使うんだね」

「俺だけの奥義なんでね」

バインダを突きつけるようにしてわずかに距離を取ろうと、後ずさりする。

だが、それを見た男は飛びかかってきた。

「魔法使いか！　させないよ！」

「ぐっ」

動きが速い！　カードの発動が間に合わない！

銀刃が閃《ひらめ》いた。

ジャスティス仮面が抜いた剣を俺はバインダで受け止める。あっぶねえな、こいつ。

ふっ、と男の口元が緩んだ。

――誘い込まれたか。

その通り、俺は腹に蹴《け》りを浴びて、後方にひっくり返った。

強烈な一撃である。思わず息が止まる。肋骨《ろっこつ》にガツンとした衝撃が走った。

やばいな、こいつ強い。

建物の中では【ホール】が使えないのは、検証済みである。

となると、ドラゴン退治で手に入れたあのカードを使うしかないか……。

だが、この接近戦で男が俺のカードの使用を許すとは思えなかった。

くそ、絶体絶命じゃねえか。

だがそのときである。上からさらに、もうひとりが飛び込んできた。

「ちょーっと待って！　あたしのマサムネくんに乱暴しないでよ！」

誰がお前のだ、誰が。

しかし、助かった。

怒り心頭に発するといった様子のナルは、危なげなく倉庫の床に着地した。その手には、バカデカい弓を握り締めている。

「……驚いたな、あの大量のカイミン草を吸って、意識が残っているのかい」

「生まれつき体は頑丈なの！　それより、だめでしょ！　そこにいるマサムネくんはね、着るものに困っていて、宿にも泊まれなくて、すごくつらい生活を送っていたんだから！　おなかとか蹴っていじめたらだめだよ！　もっと優しくしてあげなきゃ！」

「やめろお！　人を捨て猫みたいに言うなあ！」

思わず叫ぶ。腹の鈍痛が増した気さえした。

「俺は、俺は金持ちなんだ……。こいつに盗まれた金貨四枚さえ取り返せば、惰眠をむさぼって頭殴られたり腹蹴られたりしない生活に戻るんだよ……。だから、だから……」

「ん……」

そのときだ。ジャスティス仮面の動きが鈍ったような気がした。

なんだか知らないが、チャンスだ。

「ナル！　そいつを捕まえろ！」

「了解！　乾坤一擲《けんこんいってき》——！」

ナルはその場で竜穿を構えた。

——なんにもわかってねえ！

「まさか、その弓を僕に——」

ジャスティス仮面は後方に跳んだ。その距離は約四メートル。

当たると思うだろ？　でも、当たらないいんだよ！

ナルが渾身《こんしん》の力で矢を放った。それはジャスティス仮面の右側の壁をぶち抜き、そいつに見事脱出ルートを提供したとさ。


多勢に無勢だと悟ったのか、ジャスティス仮面はまんまと逃げて行った。

しばらく経って、ナルは額の汗を拭《ぬぐ》ってから、俺に抱きついてきた。

「やった、やったよ、マサムネくん！　あたし、マサムネくんを守り切れたね！　これはもう、マサムネくんの命の恩人と言っても過言ではないよね！　やったね！」

ナルの柔らかな温もりを感じながら、俺は大きなため息をついた。

まあ、今回ばかりはナルに助けられた、な……。

「……とりあえず、逃げようか」

壁と床の穴はすべてジャスティス仮面のせいにしたのに、彼を捕まえられなかったということで、俺たち冒険者はみんな首になった。

ジャスティス仮面殺す……。

◇◆◇◆◇

翌日、俺は猫ミエリを連れて冒険者ギルドに来ていた。

もう一度、情報を集め直そう。金貨四枚を諦《あきら》めるなんて、俺には無理だからな。

そんなことを考えていた俺の目に、ひとりの男の姿が飛び込んでくる。

テーブルの奥まった席。その人物はゆったりと椅子に腰かけていた。

銀髪の青年だ。眉目秀麗《びもくしゅうれい》とはこういう人物のことを言うのだろう。目元は涼し気で、切れ長。ティーカップを口元に運ぶ仕草すら優美で、ここが高級レストランに見えてしまうほど。

着ているものも上等なシャツとズボンだ。妙に似合っていた。

あらゆることから状況判断し、俺は結論を導き出す。間違いない。こいつがジャスティス仮面だ。

俺はつかつかと近づいてゆく。

するとその前をゴルムが横切った。元ハゲは親し気に話しかける。

「おう、ジャック、最近顔を見せなかったじゃねえか」

「はは、ちょっと忙しくてね。と、ごめんゴルム」

銀髪の男はこちらを見た。

「僕に来客のようだ」

だんっと俺がテーブルに手を叩《たた》きつける。カップが浮いてがちゃりと音を立てた。

「面《つら》貸せや、てめえ」

「ふん」

彼はこちらを傲慢《ごうまん》に見やった。

「外してくれないか、ゴルム。僕も彼に話がある」

「お、おう。そいつはギガントドラゴンを倒してこの町を救ってくれた新入りだ。あんまり手荒な真似はするんじゃねえぞ」

ゴルムはそう言って去っていった。

俺と銀髪の男――ジャックは、互いに見つめ合う。

バチバチと火花が散った。

俺は一瞬で感づいた。

――こいつは気に入らない。

遺伝子レベルで相手を拒絶しているような気がする。俺とこの男の相性は最悪だ。水と油。パーミッションとパーミッション。そういったふたりだ。

そして相手もきっと、俺のことをそう思っているだろう。

「お前がジャスティス仮面だな」

「その答えはイエスであり、ノーでもある」

「ああ？」

俺はジャックの前に座り、彼を睨《にら》む。

ジャックはきざったらしく髪をかきあげる。

「単刀直入に言おう。昨夜、君と交戦したのは僕だ。だが、君のお金を盗んだのは僕ではない」

「……あ？」

「ジャスティス仮面は弱い者から盗みはしない。僕の名を騙《かた》って盗みを働く者がいる。僕はそれを突き止めに来たのだ」

俺は眉《まゆ》をひそめた。

「……俺が弱いっつーのはいいとして、じゃあなにか。お前が本物のジャスティス仮面で、偽物が出没しているっていうのか」

「その通り。見かけによらず理解は早いようだね」

「なんでそんなに上からなんだお前」

「というわけだ。僕の目的はあの美術館にある。君も金貨四枚を盗まれたんだろう？」

「……ああ、そうだよ」

ジャックは両手を広げた。

「だったら、どうだい。お互いの目的は一致している。僕の名を騙って盗みを働いていたのは、あの美術館の館長。ダガール＝シャザールの手下だ。奴が黒幕だ。君の金貨も恐らく、美術館にあるだろう」

「…………」

「僕はシーフのジャック。美術館にもう一度潜入する。どうだい、あの美術館に忍び込むのに、協力してはくれないか」

「……俺にはお前を信頼する材料がない。泥棒のいうことなんて、まっとうに聞いてたまるか」

「やれやれ、君はもう少し合理的な判断ができるようになるべきだな」

「なんだとお！」

こいつ、言うに事欠いて俺にそんなことを言いやがるか。

合理的かどうかで言えば、俺は宇宙一合理的な男だぞ。

「僕の潜入の手引をすれば、君は金貨を取り返せる確率が高くなる。単純な話だよ」

「お前の言っていることが真実だと誰が証明できるんだよ」

「ハンニバル」

ジャックは手をぱちぱちと打つ。

するといつの間にか、彼の後ろには白髪の老人が現れた。

まるで現役プロレスラーのように体格のいい爺《じじい》は、燕尾服《えんびふく》を着こんでいた。服の上からでもその

筋肉がわかるようだ。圧力がすごい。

彼は慇懃《いんぎん》に腰を折る。

「すべて、坊ちゃまの言う通りでございます」

お、おう。

「……なんだこいつ」

「僕の執事だ。どうだい、彼もこう言っている」

「思いっきり身内じゃねえか！」

「なにを言っているんだ。ハンニバルは身内なんてもんじゃないぞ！　僕が間違ったことをしたら、指の骨を折ろうとしてくるんだからな！」

「すべて、坊ちゃまのためでございます」

「そ、そうか」

なかなかコメントしづらいな。

それはそうとして、俺はさらに尋ねる。

「仮にお前が本物のジャスティス仮面で、お前の言っていることが本当だとしても、だ。お前と組んだら俺の金貨四枚が確実に戻ってくるっていう保証はあるのか」

「そんなものはないよ」

ジャックは当然のように胸を張った。

「だが、大切なものを取り返すために全力を尽くさないというのなら、それは愚か者の言い分だ。

君がそういった人間ならば、仲間にしたところで意味はない。僕はひとりでやろう」

「……」

足元で猫が気合を入れるように「にゃ！」と鳴いた。

偉そうなことを言いやがって、こいつ。いつも俺が言ってそうなことじゃねえか……！

くそ、ジャック、か。

剣の腕は確かだ。取り逃した直後、あのナルが『あれほどの剣の使い手は、里にもほとんどいなかったよ』って言っていたな。

もしこれからも仲間にできるのなら、こいつは使える。

だが……と迷うそのとき。

空から再びカードが舞い降りてきた。


『異界の覇王よ――。其方《そなた》の金欲に、新たなる力が覚醒《めざ》めるであろう』


なんか、絶対に目覚めるはずがないようなきっかけで、力が目覚めたんですけど……。

やはりジャックや爺さんには見えていないようだ。

カードは染み入るように、フォルダに収まった。

今度はいったいどんな屑《クズ》カードだ。

『其方の生活費は、その覇業《オンリーワン》によって叶《かな》えられるであろう』

そうしてカードの名が明らかになる。

そこには【ダイヤル】とあった。

……なんだ、ダイヤルって。まあ、あとで使ってみるか。コストもそう高くないな。

しかし、ここでこのタイミングでカードが手に入るってことは、嘘はついていない、ってことなのか。そういうことなのかよ、謎の声さんよ。

ったく、いつも高みから見下ろしやがって……。

くそ、いいじゃねえか。やってやろうじゃねえかよ。

俺は打算を込めて、ジャックの目を見据えた。

「……いいだろう。だが、ひとつ条件がある」

「へえ、なんだい？」

俺は拳《こぶし》を握り固め、ジャックに突きつけた。

「とりあえず蹴《け》られた分の借りを返させてもらう」

ジャックは「ははっ」と笑った。

「嫌だよ。痛そうじゃん。僕、痛いの嫌いなんだよね」

「おいっ！　そこは『一発ぐらいは仕方ないな』とか言えよ！」

「あ、だったらハンニバル、ハンニバルを殴っていいよ。この筋肉だから、絶対に効かないし。

ね、ハンニバル」
なんだこいつ、ゲスか⁉　自分の執事によくそんなことが言えんな！
だが、老執事はジャックの背後に回ると、その両手をむんずと掴《つか》んだ。
「って、ハンニバル？　え、なにやってんの？　ちょっと、ハンニバル？」
ハンニバルと視線が合う。
彼は静かにうなずいていた。
なるほど。俺は拳を振りかぶる。
「えっ！　ちょ、まっ！」
すごくいい手ごたえが拳に伝わり、ジャックは体をくの字に折って悶絶《もんぜつ》した。
だいぶスッキリしたぜ。
この男、防御力は低いようだった。さすがシーフだな。
しかし、まさか怪盗を捕まえるはずの俺自身が、怪盗になっちまうとはな。
美術館への潜入作戦は、翌日の夜に決行されることとなった。

◇◆◇◆◇

「また予告状が届いたのだ！」

「うす」

前足のような手のひらで机を叩くアマガエル。いや、もうウシガエルでいいな。悪人だったんだしな。

再び貼られた冒険者ギルドへのクエストを引き受けた俺は、美術館へやってきていた。

前回ジャスティス仮面を取り逃がしたからか、俺への目は冷たい。

てかこいつ、俺から金貨を盗んだのを知っていやがるんだよな。

マジで許せねえ。

「お前！　今度こそ役に立ってもらうからな！　役立たずに払うような金は銅貨一枚もないのだ！

まったく、お前はとんだ期待外れだった」

「でも前は、俺のおかげでミエリ像が盗まれなかったじゃないか」

「つべこべ言うな！　絶対に絶対に捕まえるんだぞ！」

「はあ」

改めて会うと、ヤなやつだなー、こいつ。

私兵の並んだ事務所で、ウシガエルは顔を真っ赤にして怒鳴る。

「わしの財産を守るため、今度こそ怪盗を捕まえるのだぞ！　怪盗を捕まえたものには、特別に褒美を取らせよう！　金貨五枚だ！　金貨五枚やろう！」

「――」

その瞬間、俺は目を見開いた。

——ごっ、五枚……、だと……!?

◇　◆　◇　◆　◇

夜になり、辺りには月の光が落ちる。

「きょうは満月か」

美術館で張り込みをしている最中、誰かがつぶやいた。

そうか、どうりで明るいと思った。

ミエリも眩《まぶ》しそうに夜空を見上げている。

さて、そろそろやるかな。

俺は誰にも見えないようにバインダを開くと、こっそりとカードを抜き取った。

オンリーカード、オープン——【ダイヤル】だ。

【ダイヤル】の能力は、今回の件にはぴったりのものだった。

それを唱えてから三分間、離れている相手と会話をすることができるのだ。

試してみたところ、対象は一度言葉を交わした相手に限られる。そして、相手はこのコールを拒否することができる。射程距離はちょっとわからなかったな。とりあえず百メートル以上はいけそうだったが。

ま、つまり電話だ。

さらにこの能力の効果中は、左手が【ダイヤル】化する。

握った拳の小指と親指を開き、小指を口元に。そして親指を耳元に近づけて、俺は囁《ささや》いた。

「……もしもし」

『わっ』

イケメンの声が親指から聞こえてくる。

正直、あんまり気持ちいいものではないな。

『すごいじゃないか、この力は。君は高度な時空魔法使いなのか？　テレパスとも似ているが、どうやら違うようだ。どの神様を信奉すれば、こんな魔法が使えるんだ。粗暴な顔に似合わずやるじゃないか』

「お前はいちいち憎まれ口を叩《たた》かないと会話できないのかよ」

『あいにく、自分の心に正直なんだ』

「ったく……」

俺は左手を口と耳につけたまま、大体の状況を語る。

ウシガエルは俺への評価を下げていたようだったが、それでも現場の指揮の半分が俺に任されていた。ま、なんといってもギガントドラゴンを討伐した冒険者だからな。

というわけで、俺は人員をずいぶんと入口側に配置した。

『じゃあ今のところは、うまくいっているんだね』

「ああ。これからもうまくいくよ……。いや、うん、どうかな……」

急に不安になったのは、応援を頼んだナルがちゃんと行動するかどうかわからなかったからだ。

いや、あいつはバカじゃない。そうだ、今までの判断材料から察すると……。

ただ楽観的で、危機感がなくて、不用心で、そのうえ自信過剰なだけだ。

……不安だ。

『ふむ、ため息かい。まあなにかあったら、なんでも報告してくれるといいよ。僕と君の目的は今のところ一致しているのだからね』

……ムカつくやつだが、ま、ナルに比べたら頼りになるな……。

「じゃあまたあとでな」

これで三分ぴったり。

計ったわけではないが、三分なら俺の体内時計にきっちりと刻まれている。某カードゲームの一ターンの持ち時間が三分だったからな。

さて、もういい頃合いだ。

そう思った次の瞬間。

――轟音《ごうおん》が美術館を揺らした。

「な、なんだ、なんだ⁉」

「どうした⁉　敵襲か⁉」

「まさか、ギガントドラゴン⁉」

そんなはずはない。俺は入口に怪盗が現れたのだと叫ぼうとした。

だが、それよりも前に。

『あーっはっはっは！　聞くがいい罪のない子羊どもよ！　あたしはジャスティス仮面二号！　恒久平和！　無欲無私！　このあたしに盗めないものはなーし！』

そんな叫び声が聞こえてきた。

どんだけノリノリなんだよ、ナル！

「怪盗だ！　怪盗が出たぞ！」

「入口へいそげー！」

俺が扇動する必要もなく、私兵たちは皆、入口へと走っていった。

囮《おとり》としては完璧《かんぺき》だな、あいつ！

『ギャー！　来すぎぃー！』

悲鳴が聞こえてきた気がするが、気のせいだろう。そう、あいつは使命に忠実な女だ。弱音ひとつ吐くはずがない。

さ、次は、この間に一号がやってきて、盗みに入るわけだ。

さあ、いつでもいいぞ、一号。

おい、一号。

……一号？

いや、嘘だろう、まさか。

俺は【ダイヤル】を発動し、ジャックに連絡を取る。

おい、ジャック、なにやってんだよ。今、ナルが私兵から逃げ回って、時間を稼いでいるんだぞ。お前が来ないでどうする。

——だが、宙に浮かんだ【ダイヤル】のカードはなにも効果を発揮せず。

そのまま露となって消えた。

え？　あ？

胸に手を当ててみるが、ＭＰにはまだまだ余裕がありそうだ。

ということは——。

——ジャックが【ダイヤル】を拒否したか、あるいは出られない状況に陥ったのだ。

「……いったいなにがあったんだ」


どうする、どうする、どうすればいい。

ナルが今、時間を稼いでいる。この機会を逃してはならない。必死に考えろ、俺。

……俺ひとりで、盗みの証拠を探すか？

いや、だめだ、無理だ。

俺は口元に手を当てて、窓枠に手をつく。

何度か【ダイヤル】を唱えても、しかし相変わらず音信不通。頭から湯気が出そうだ。

だったら金貨を諦《あきら》めるか？　それは、つまりそういうことだ。

待て、よく考えろ俺、待て。

ゴブリン退治などのクエストの報酬は、せいぜい銀貨か、よくて霊銀貨。命を懸けて戦いに出ても、その程度の報酬だ。ここで金貨を奪えば、それは何十回のゴブリン退治に匹敵するだけの価値がある。ここで危険を冒すということは、これから先の危険を回避するということと同義なんだ。

ううう、だが、ぐうううう……。

悩んだ挙句、俺は決意した。

……よし。

行くか――。


俺は歩き出す。

怪しいところといえば、事務所の奥の館長室か、あるいは美術館倉庫だ。

先に館長室からいこう。

俺は「にゃぁぁ……」と荒い息をついているミエリを拾い上げる。

遊んでいる場合じゃないぞ、ミエリ。俺たちの金貨を取り戻すんだ。

事務所の奥のドアを開こうとしたが、カギがかかっている。

まあ、当たり前だよな。先に館長室のカギを拝借していてよかったぜ。

カギを滑り込ませ、館長室のドアをゆっくりと開く。窓のない部屋は暗いが、見えないほどではない。これぐらいなら【ピッカラ】を使うまでもないな。

中は、無人だった。

学校の校長室のような雰囲気だ。奥に机と椅子があり、左右には書類を収めるためのキャビネットが並んでいた。それに、ロッカーもあるな。

家探《やさが》しだ。順番にやっていくか。

猫ミエリをソファに放り投げて、俺は覚悟を決める。

ロッカーを開くと、そこにはなにも入っていなかった。

キャビネットは……いちいちチェックしている暇はないな。

金庫は見当たらないし。

ここではないのか……？

そう思って振り返ったそのときだった。

「はぁ、はぁ……マサムネさぁん……」

──そこにはソファにあられもない姿で横たわっている、ミエリがいた。

胸、尻《しり》、脚。すべすべな肌。まろやかで処女雪のように真っ白な裸体をさらしている。

人間モードであった。

「お、お、おお、お前！」

「えっ、あっ、にゃあああああああ！」

ミエリは胸やらなんやらを隠すと、慌ててその指を鳴らした。

次の瞬間、彼女の全身を初めて会ったときのような衣が覆う。

彼女は顔を真っ赤にしていた。

「み、見ました⁉」

「見てないよ！　見てない！」

なにをとは言わないが！

俺は後ろを向いて、直立の姿勢になる。

くそう、ドキドキしちまったじゃねえか！　ミエリのくせに！

あの書庫以来か。久々に見た幼女じゃないミエリの姿は、なかなかに刺激的だった。

こんなところでラッキースケベ的なイベントに遭遇している場合ではないというのに……！

「な、なんでお前、元に戻っているんだよ」

「え、えと……。もしかしたら今、一時的に光の力が強まっている時期なのかもしれません」

ちらりと後ろを向くと、ミエリは久々の人間の体を見て、嬉《うれ》しそうだった。

指先を伸ばしたり、足を伸ばしたり、後ろを向いて尻尾《しっぽ》がないことを確認していたりする。

「はー、やっぱり喋《しゃべ》れるっていいですにゃあ。マサムネさぁん、マサムネさん、マサムネさん、マサムネさんー」

「きゃんきゃん人の名前を呼ぶな！　い、いいから、手を貸せ！　今は猫の手も借りたいんだ！」

「そ、そうでしたにゃ！　金貨、金貨ですにゃ！」

と、猫ではないミエリが俺の近くにやってこようとして。

ぴたり、と立ち止まった。

「ま、マサムネさん、誰か来ますにゃ！」

「ああ⁉」

「は、早く隠れませんと！」

「くそっ！」

俺はミエリの手を引っ張ると、ロッカーの中に引きずり込んだ。そして彼女の口元を押さえ、内側から扉を閉める。

すると、本当に足音が近づいてきた。

この女神、無駄に感覚が鋭敏なんだよな。

「にゃ～……」

細く甘い声をあげるミエリ。彼女は俺の腕の中で、くったりとしていた。

いや、ちょっと待てよ。なんだこの状況。

狭いロッカーの中で、俺たちはまるで体を押しつけ合うようにして密着している。

否《いや》が応でも、意識させられてしまう。

女の子の柔らかな感触が、あちこちに……。み、ミエリのくせに……！

（ま、マサムネさん！）

そのとき、ミエリはハッと気づいた顔をした。

（なんだよ！）

（どうですか⁉　どうですか⁉　キリッ）

さらにぐりぐりと体を押しつけてくる。

お前ええええええええ！

この女神、自分が健康な男子高校生にどんなにやばいことをしているのか、自覚はないらしい。

むしろ喜色満面といった表情で、さらに身をすり寄せてくる。

（嗅《か》いでください！　ほら！　ほらほら！　どうですか⁉　臭くないでしょ⁉　でしょ⁉　いい匂いするでしょー⁉）

（今そんなことを言っている場合かああああああ！）

声なき声で思いっきり怒鳴りつける。

両手が自由ならその後頭部をはっ倒したいところだったが、残念ながら俺の腕はまるでミエリを抱きしめるようになってしまって、まったく動かせないのだ。

ミエリのドヤ顔をこんな眼前で見ているのに腹パンひとつできないとは、屈辱だ……。

そんなことを思っていると、ガチャリとドアが開く。

思わず俺たちは身を固くした。

「雑魚《ざこ》め、雑魚め！　怪盗め！　なぜわしを狙う！　なぜだ！　いったいいつからバレていたというのだ！　雑魚め！」

おっと。こいつはなかなか頭に来てやがるな、ウシガエル。

ロッカーの穴から覗《のぞ》くが、ウシガエルは机の辺りにいるようだ。角度が悪いな。

だが、美術館を危機に追い詰めて、ウシガエル本人に金貨の場所を案内させる、という作戦はうまくいきそうじゃないか。さすが俺。

ミエリは小さく拳《こぶし》を握り締めていた。

(それではあの人を、わたしの雷魔法で消し炭にしてやりましょうか!)

すごいことを言い出すな、この女神さま!

俺の作戦全部吹っ飛んじゃうよ!

(お前、女神として人を愛する心とか、ないの?)

(大丈夫です。肉体を殺しても転生させればいいだけです。そうやって人の魂は巡っています。今度こそあの人を本当のウシガエルに転生させてやりましょう!)

(転生の女神こえええええ!)

現世で積んだ徳とかまったく関係ないのな!

そんな風に言い合っていると――。

「――む、誰かいるのか!?」

やべえ、バレたか。

どうすれば、と思った次の瞬間。

ミエリが信じられない行動をしやがった。

「……にゃ、にゃ~ん……」

お前……。

ミエリは顔面蒼白《そうはく》のまま、親指を立てていた。

どんなに本物そっくりの猫の鳴き真似をしたところで、いけるわけねーだろ！

「……なんだ、あの冒険者の連れていた猫か。どこから入ったんだ、まったく……」

いけたよ！　信じらんねえ！

「さて、これをこうして、このメダルをこうして、あの美術品からとってきたメダルをこの位置にはめると……、こうだったな！」

直後、ゴゴゴゴゴと重いなにかが引きずられるような音がした。

ロッカーから覗くと、キャビネットが横滑りしてゆくのが見える。

なんつー仕掛けだ……。あんなのクロ丸出しだろ……。隠し部屋まで作っていて、なにもしていないただの美術館の館長です、はちょっと苦しい言い訳だぜ。

ウシガエルが隠し部屋の奥に消えてゆくとともにキャビネットは元の位置に戻った。

よし、もういいか。

ロッカーから出る。

ふう、汗かいた……。

「それで、あの、どうですか!?」

「……ああ？」

俺が眉をひそめると、ミエリは腰に手を当ててキラキラとした目で問いつめてきた。

「ふふふ、いい匂いだったでしょ？　キリッ」

今度こそ俺はミエリの頭にチョップを落とすことができた。

んなこと言っている場合じゃねえ。

机の上には十四枚のメダルがあり、引き出しの中にはメダルをはめる三つの穴が空いていた。

め、めんどくせえ仕掛け……。

「あのウシガエル、隠し部屋に入るたびに毎回こんなことをしてやがるのか……」

こんなところで時間をかけていられないな。

実際に使うのは三枚で、残りはすべてダミーか。ふむ。

引き出しの中に、謎解きのヒントみたいな文が書かれているな。

『大鷲《おおわし》の眠る十六夜《いざよい》、火鼠の駆ける雪原、夢羊に突き殺された死体のある場所。正しき順序は、再生、新生、そして転生。見よ、おおうなばらの向こうを』

そしてメダルには、様々な紋章が彫られている。

ほう、なるほどな。

「えっ、なにこれ、全然わからないですよぉ……」

頭を抱えるミエリ。

だが俺は迷いなくメダルをはめてゆく。

「これと、これと、これだな」

「えっ、あっ、ちょっとマサムネさん⁉」

ミエリの悲鳴の直後。

――ゴゴゴゴゴと音を立てて、キャビネットがスライドしてゆく。

ミエリは顔を輝かせた。

「えっ、ど、どうしてわかったんですか⁉　すごい、マサムネさんがすごい！　たまにはすごいですよぉ！」

「単純な話だ」

俺はメダルを一枚拾い、ミエリに見せつける。

ミエリはきょとんとしていた。

「へ？」

「このメダルは新しい。で、こっちのはめられているメダルは、外周に傷がある。だから、こっちのメダルが謎解きに使われていたものだ」

「えええええ⁉　なにそれずるくないですかあああ⁉」

トレーディングカードでは故意にカードに傷をつけて、目的のカードを引くというイカサマ『マークド』を使うやつもいるからな。

もちろん俺はやらないが、だが負けないためにはイカサマを見破る目を持つことが大事だ。

「さあ行くぞ、ミエリ」

「はぁい」

すると、隣に立っていたミエリが急にしゃがみ込んだ。

数歩進んだところで、振り返る。

「……なにやってんだ、お前」

「はっ！　わたし今、ニンゲンでした！」

ミエリは四つ足でぺたぺたと歩いていた。頭の中まで獣が染み込んでやがる……。

立ち上がったミエリとともに行くと、すぐに階段があった。地下までずっと延びているのか。さすがに見えないな。ここは安全を取らせてもらおう。

俺はバインダを開いてカードを使用する。

「【ピッカラ】」

すると、階段に仕掛けてあった罠《わな》が浮かび上がる。踏み出して数歩目のところ、ぽっかりと穴が空いていた。暗いままじゃ見えなかったな。

目を細めながら見下ろすと、落とし穴になっているようだ。

さすがに槍《やり》が敷き詰められているということはなかったが、しかしこの高さを落下したら足の骨を折るのは間違いない。

「えげつないことしやがるな……」

ひょいとまたいで、階段を下る。

ずいぶん深いな、どこまで行くんだ。

地下三階。いや、四階ぐらいまでは下った頃か。ようやく小部屋が見えてきた。

「鬼が出るか、蛇《じゃ》が出るか」

つぶやきながら、下りてゆく。

目の前に、ぬっと巨大な物体が現れた。

え？

認識するよりも早く体が動く。慌てて飛びのいたところに質量が叩《たた》きつけられた。

見上げる。出たのは、鎧《よろい》だった。重量感のある剣を抱えている。

「は、リビングアーマーってやつか！」

「ひい、マサムネさん、こっちにもぉ！」

部屋を見回す。相手は二匹か。

「そっちは任せてもいいか？」

「ええっ、こわいっ、でもやりますにゃっ！」

よし、それじゃあ観察から入るか。

スピードはそれなりに速いな。上体と足の動きがバラバラだ。予備動作がわからん。足はしっかりと地面を踏みしめているな。音で俺を認識しているというわけでもないようだ。生体反応か？

一瞬の間に、俺は結論を導き出す。

ということはつまり、こういうことだろう。

「【オイル】！」

リビングアーマーの足元に油をまくと、下半身は体勢を崩す。だが上半身だけで、やつは腕を振ってきた。

そんな無茶な体勢の剣なんて食らわないな。

「来い、【マサムネ】！」

飛びのくと、俺は鎧の胴体の中心を、召喚した刀の鞘《さや》で思いっきり叩く。

リビングアーマーは踏みとどまることができず、その場に尻餅《しりもち》をついた。

これでジエンドだ。

ギガントドラゴンから手に入れたカード。対象の体に重力負荷をかけることができる能力だ。俺に近ければ近いほど、威力が増すぜ。

この【ヘヴィ】を、さらにこうして——。

「——潰《つぶ》れやがれ！　【レイズアップ・ヘヴィ】！」

だがその瞬間、目の前が真っ暗になった。

やばい。慌ててオンリーカードの発動を中止する。

【ヘヴィ】に【レイズアップ】の組み合わせは、ＭＰ的にまだ無理か。

発動したのは【ヘヴィ】だけだった。リビングアーマーは腹の中心を押さえつけられたようにジタバタとその場で暴れている。

ヘヴィは長くは続かない。すぐに起き上がってくるだろう。

……ん、待てよ。

「【レイズアップ・タンポポ】！」

改めて俺がオンリーカードを使用すると、その消費した魔力によって全身からぐったりと力が抜けてゆく。

だがその代わり、面白いものが見られた。

二メートルほどの花を咲かせたリビングアーマーだ。その空洞となっている鎧の内部には、茎や花が絡みついている。

リビングアーマーはもがくが、しかしタンポポにからめとられて脱出ができないようだ。

寄生植物みたいだな。

「ふう……レイズアップは組み合わせるカードによって、消費ＭＰが全然変わってくるな」

俺は肩を回す。

って、ほっとしている場合じゃない！

「うわあああああああん！」

ミエリはリビングアーマーに追い回されていた。

全然任せられねえじゃねえか！

「【オイル】！」

こちらのリビングアーマーもすっ転ばすと、ミエリが魔法を叩きつけた。

「サンダー！」

金属製の鎧だけあって、よく電気を通すな。

どうやら弱点属性だったようだ。リビングアーマーはそれきり動かなくなった。

ミエリは額の汗を拭《ぬぐ》って、こちらにピースサインをする。

「や、やりましたぁ。マサムネさん、わたし、一匹魔物を退治しましたよぉ！」

「そうだな」

本当に魔力が戻ってきているんだな、ミエリ。

ほめてほめてと身を寄せてくる女神さまを無視して、俺は奥を窺《うかが》う。

いよいよだな。


「雑魚《ざこ》め、雑魚め……！　わしの金、わしの金だぞ……！」

ひとりでそうブツブツとつぶやきながら、ウシガエルはダイヤル式の金庫に向かい合っていた。

ようやく見つけたぞ。あそこにみんなから盗んだ金が詰め込まれているんだな。

あの金庫を開けたあとに、突入するか。

金属製の鎧と戦っていたんだ。後ろからなにかが迫っていることぐらいは気づいているだろう。

と、様子を窺っていると――。

後ろからなにやら、ガヤガヤとした音が近づいてきていた。

「な、なんだあ!?」

それはこっちのセリフだ。

いや、しかし、この騒がしい足音は……。

「いやあああー！　しつこいよおー！」

「ナル！」

俺は思わず叫び、立ち上がる。

「あ、マサムネくん！　よかった！　どう⁉　あたし完全無欠に囮《おとり》を全うしたよ⁉」

「囮っていうのは本陣には来ねえもんだよ！」

陽動の意味がないだろうが！

くそっ、ウシガエルにバレちまった。

仕方ない。俺たちは前に進み出る。

「お、お前たちは……。ドラゴンスレイヤー⁉　なぜここにいる⁉」

「館長、もうネタはあがっているんだぜ」

「あ、なにこのすごい綺麗《きれい》な女性！　いつのまに⁉　え、え、なんで⁉」

「綺麗だって！　ちょっと、聞きました⁉　マサムネさん⁉　聞きました⁉」

「なんなの⁉　マサムネくん、どういうことなの⁉　こんなに尽くしてあげているのに！」

外野がうるせえ。

一方、俺にビシッと指差されたウシガエルは苦しそうに顔を歪《ゆが》め、しかし表情を変化させた。

笑っていたのだ。

「は、はっはっは！　まさかお前がジャスティス仮面と繋《つな》がっているとはなあ！　黒髪の冒険者くん！　これはこれは、まんまとやられたよ！」

「どっちがだよ。こっちこそ、あんたがジャスティス仮面の名を騙《かた》って、盗みを働いている首謀者だなんて、まんまとやられたぜ」

じわりとウシガエルの顔に汗が浮かぶ。

「がっはっは……、だ、誰から聞いたかはわかりませんが、穏やかではないことを言いますなあ。冒険者くん」

「もうネタはあがっているんだ。覚悟をしろよ。その金庫の中に入っているんだろ。町中の人から盗んだ金貨がさ」

「この金庫の中に？　ほほう」

ウシガエルはにたりと笑った。

「ここにあるのは――」

開く。すると中からは小さな像が出てきた。

特殊な宝石かなにかで作られたと一目でわかるような、そんな女神像だ。

「本物の――ソレナン氏作の女神像だけ、なんですがな」

今度は俺が汗をかく番だった。

だからもう少し様子を見て、判断材料を集めてから突入すべきだったんだ……。


後ろからどたどたと私兵どもがやってきた。

俺たちはウシガエルと私兵に挟まれる形になる。

「追い詰めたぞ――って、あれえ⁉　マサムネさん⁉」

「なんで⁉　一緒にいるんすか⁉」

「一緒に飯を食べながら将来の夢を語り合ったあのマサムネさんはどこいっちまったんすか！」

そんなことをした覚えはないぞ……。

ウシガエルは腕組みをしていた。

「ともあれ、こいつがジャスティス仮面の侵入を手引していたのだ！　さあお前たち、捕まえるがいい！」

ミエリが怯《おび》え、ナルが身構える。

いざ、衝突か、といったその瞬間——。

「待て」

俺はバインダをこの手の中に呼び出しながら、一同を制止する。

皆は、突如として光輝く本が手元に出現したのを見て、突撃を躊躇《ちゅうちょ》したようだ。

その場にいる全員を見回しながら、俺はゆっくりと語る。

「まずは俺の話を聞いてもらおうじゃないか」

——やれやれ、まさかこの手を使わされることになるとはな。


「ダガール＝シャザール」

俺はまるで審問官のような口調で彼を糾弾する。

ウシガエルはびくっと震えていた。

「お前はジャスティス仮面の名を騙り、あちこちで金貨や宝を盗んでいた。ジャスティス仮面は三か月前からこの町で予告状を放ってはいたが、姿を見たものはいない。利用しようと思ったのだろう。――だが、今までやってきたツケが回りまわってきたんだな。今度は本物のジャスティス仮面に狙われることになった」

俺の言葉を聞いて、ウシガエルは真っ赤な顔で叫ぶ。

「すべてお前の憶測だ！　いや、憶測ですらない！　妄言だ！」

そうだそうだ！　と声をあげる私兵が半分。残りの私兵はただただ戸惑っていた。

おそらく今声をあげた私兵たちが、ウシガエルの盗みに加担したシーフたちなのだろう。

「こんなところで裁判でも始める気か？　話にならん！　てっとり早くいこうじゃないか、おい！

――物証だ！　あるんだろ⁉　そこまで言うなら、あるんだろう⁉　証拠がよ！」

「――あるとも」

俺が口を歪めると、ウシガエルは目を見開いた。

「なんだと……⁉」

ざわめきが大きくなる。

「さすがお金に汚いマサムネさん！」

「あたしのマサムネくん、お金のことになると特にすごいんだから！」

ミエリとナルが手を合わせたまま、ぴょんぴょんと飛び跳ねていた。

物証か。フッ。

正直に言おう。

——そんなものは、ない。

「ダガール。どちらかを選ぶんだな！　衛兵に捕まってすべての財産を失うか、あるいは今ここで罪を認めて、ここにいる私兵全員に口止め料の金貨二枚と、そして俺たちに金貨十枚を差し出すか！」

「な、なんだとおおおお⁉」

悲鳴と歓声が巻き起こった。

私兵たちは手を叩《たた》いて喜んでいる。金貨二枚といったら、二百万円だ。これなら寝返るやつも出てくるだろう。

証拠なんていらない。今ここでこいつに罪を認めさせ、袋叩きにしてやる。

金貨四枚の恨みだ！

「さあ、ダガール！　死にたいか！　それとも死にたくはないか！　金貨でケリがつくのなら、とっとと払うがいい！」

「死ぬのはお前だ！　そんなむちゃくちゃが通るか！　証拠もなくて適当なことばっかり言いやがって！　お前たち、こいつらをぶっ殺せ！」

なんだと。

だが、私兵たちは躊躇している。結局どちらが正しいのかわからない、という風だ。

シーフたちはもちろん金貨がもらえた方が嬉《うれ》しいのだろうから、あとの半分がどちらにつくのかを見守っているということか。

つまり、膠着《こうちゃく》状態。

ここまで持っていったのは、俺の口車だが、トドメを刺す一手が、あと一手がほしい。

そのとき、ひとりの若者が前に歩み出てきた。

私兵に紛れていた、銀髪の青年。

若者はその手に持っていたものを、掲げた。

「ここに、シャザール氏の財布がある。すべての物証はこの中に入っているよ」

「えっ⁉　あっ、それはわしの財布！　いつの間に⁉」

——ジャックであった。


シーフのジャック。さすがの器用さだな。

ったく、遅かったじゃねえか、この野郎。

「外にリビングアーマーの大群が配置されていてね。少し手間取ってしまった。まさか臆病《おくびょう》者で弱いマサムネがひとりで持ちこたえられているとは思わなかったよ」

一言多いんだよてめえ。

俺はジャックから財布を受け取ると、これ見よがしに床にばらまいた。

金貨だらけの中身がじゃらじゃらと床を転がってゆく。

「あっ、ああ！　わしの、わしの金貨！　わしの金貨！」

「なあ、ウシガエルの親父よ……」

俺はかがんで床をすくうと、その手を掲げる。

そして、拳《こぶし》を開いた。

「ここにあるのは、俺の盗まれた金貨じゃねえかよ！」

四枚の金貨があった。

そこには、しっかりと――名前が書かれている。

『マサムネ』と――。

「俺は用心深いんだよおおおお！　盗られたときのために持ち物には名前を書いておく主義なのさあああああ！」

「なんだとおおおおおおおおおおおおおおおおおおおおおおおお！」

それはもはや絶叫であった。

ウシガエルはぶんぶんと首を振る。

「そんなバカな！　盗んだものが、ここにあるはずがない！　わしの財布の中に入っているのは、わしの金だ！　それはお前が仕組んだ――」

「――仕組んだ、なんだって？」

ウシガエルはハッとした。その顔が真っ青を通り越して、死んだカエルのように変色してゆく。

自分がイカサマをしなくても、イカサマを見破るためには、イカサマを知り尽くしていなければならない。だが、だからといって――イカサマができないというわけでは、ない。

この金貨四枚は俺のものではない。ナルに借りたものだ。

だが、今さらそんなことは、――どうだっていい！

俺はウシガエルに詰め寄った。

――そして、ウシガエルの顔の近くに左手を差し出す。

カードはすでに、発動させた。

「もう一回言ってくれよ。ちゃんと聞こえるように、はっきりと、大きな声で。なあ、オッサンよお」

ウシガエルが金切り声で叫ぶ。

よーく聞こえるように、さ――。

「おっ……お前が仕組んだ罠《わな》だ！　わしが盗んだ金貨はしっかりと別の場所に保管している！　そうだ！　わしはジャスティス仮面を名乗って盗みを働いたとも！　すべてはこの本物のミエリ像を入手するためだ！　それを知ってどうするというのだ！　ええい、お前たち！　こいつらを殺せ！　バレたらお前たちもただではすまんぞ！　全員皆殺しだ！」

ミエリはすでに転移魔法の詠唱準備に入っている。

ナルとジャックは構えて、抵抗する気満々だ。

だが、どれも必要ない。

俺はバインダを天井に掲げた。

そして唱える。

「【タンポポ】！」

俺たちと私兵たちの間に、ひとつのタンポポが咲いた。

「え？」「あ？」「は？」

それ事態にはなんの意味もないよ。ただの時間稼ぎだ。

そして俺は左手を、自分の耳と口に当てる。

「――と、自白したわけだが」

『あいよ、衛兵も聞いていたぜ』

元禿《は》げ頭のオッサン――ゴルムの声がする。

あらかじめ協力を頼んでいたんだよ。ゴルムのオッサンは衛兵にも知り合いがいるからな。

ウシガエルは目を白黒させていた。

「あ、ああああ？」

「というわけだ、悪党シーフの皆さんよ」

俺は【ダイヤル】化させていた左手を振って解除すると、バインダをしまった。

「あと数分で衛兵が突入してくる。ダガール＝シャザールの命運は尽きた。だから『余計な取り調べ』を受けたくなければ、ここは黙っていてくれないかね？　俺は自分の金貨さえ取り返せればそれでいい。だからな、みんな」

にこやかに両手を広げながら、俺は語る。

その言葉で、私兵の格好をしていたシーフたちは一斉にそっぽを向き、口笛を吹きだした。

はいはい。正直なことで。

「お、おまえたちいいいいいいいいい！　わしを助けないかああああああああああ！」

そう叫びながら手を振り回して突っ込んできた男を――。

「残念ながら、チェックメイトってやつだよ。ジャスティスを語る資格は君にはなかったのさ」

「そういうこった。オンリーカード、オープン――【ヘヴィ】！」

俺がウシガエルの動きを止め、ジャックがその腹に蹴《け》りを見舞った。

押しかけてきた衛兵によって、ダガール＝シャザールは見事に逮捕されたとさ。

めでたしめでたし。


というのが、今回の顛末《てんまつ》――ではない。

まだ事件は終わっていなかった。

結局、ウシガエルがどこに金貨を隠したのかがわかっていないのだ。

取り調べでダガールが隠し場所を吐かなければ、俺の金貨四枚を取り返すまで至らない。

衛兵が取り押さえたダガールが詰め所へと連行されてゆくのを見届けながら、俺は美術館の館内にとどまっていた。

頭がガンガンする。魔力の使い過ぎだ。これじゃあ考え事なんてまとまらないな。くそう……。

しかし、あのウシガエルはどこに金貨を隠したんだ。

……いや、そういえば言っていたな。

俺は最初の獲物、あのミエリ像の前に立つ。

本物は金庫に入っていたんだろ？　だったらこれは、なんだ？

ミエリ像を観察していたときに、俺はうなじの辺りに一筋の穴が空いているのを見つけた。

……なんだこれ。

ミエリ像を軽く叩いてみたその瞬間。俺はすべてを理解した。


「よし、ここに下ろせばいいんだねっ！」

「お、おう」

俺はミエリ像を肩に担いだナルを眺めて、わずかに引く。

お前それ、俺の予想が正しければ、とてつもない重さになってんだぞ……。

どうなっているんだ、こいつのパワーは。

ここは美術館近くの空き地。なるべく人の目がないところを選んだのだ。

ジャックはどこかに消えた。代わりにここにいるのは、俺とナルのふたりきり。

「でも本当に持ってきちゃってよかったのー？　マサムネくん。これって泥棒じゃないの？」

痛みにさいなまれる頭を押さえながら、俺は自信満々にうなずいた。

「大丈夫だ、像のあった場所には代わりのモノを置いといた。衛兵の目もごまかせるだろう。心配することはない」

「代わり……？」

「まあそれよりも、だ」

俺は疑問を無視して命じた。

「よし、ナル、やれ」

水を得た魚のように目を輝かせ、ナルはその像を拳で叩いた。

「了解だよ！　乾坤一擲《けんこんいってき》！　完全粉砕！　鉄拳《てっけん》ぱーんち！」

夜の空き地になにかが割れる音が響き渡る。

そうして上半身を砕かれたミエリ像の中からは――。

見事にたっぷりと詰まった金貨が、まるで黄金の海のようにジャラジャラとあふれてきたのだ。

「す、すごい……！　すごい！」

ナルは目を白黒とさせていた。

この輝きに俺も、目が潰《つぶ》れてしまいそうだ。

そう――。

つまり、衛兵が見つけ出す前に、俺とナルがこの金貨をすべて独り占め……じゃなくて、二等分することができるのだ。

ウシガエルを捕まえた俺たちには、その権利があるだろう。

いや、仮に独り占め……じゃなくて、二等分しなくたっていい。

たとえば金貨をちょっぴり多めに……。四枚じゃなくて、十枚二十枚、あるいは百枚ぐらい取ったところで……。許されるのではないだろうか……。

と、俺は『衝動的に』手を伸ばす。

欲に目がくらんでいたのだ。

その手が、がっしと掴《つか》まれる。

顔をあげる。そこには仮面をかぶった銀髪の青年がいた。

「わ」とナルが驚く。

ジャックだ。

いや、違う。

こいつは――正義の使者、ジャスティス仮面だ。

「大した手腕だったね。マサムネくん、その不思議な魔法も含めて、なかなかの活躍だった」

「……お、おう」

ジャックの腕を振りほどこうと思えばできるだろう。だが、俺はなぜか蛇に睨《にら》まれたカエルのように動けなかった。

「それじゃあ君の盗まれた分を返そうじゃないか。きっかりと『金貨四枚』だったね」

命運尽きたか。

口惜しい。

が、仕方ないな。

「……ああ、そうだよ」

そうきっぱり答えると、ジャックは少しだけ驚いたような雰囲気を発した。

この際、言い訳はしまい。取り繕ったところで、通用しないだろう。

今のは完全に俺のミスだ。思わず衝動的に手が出てしまうだなんてな……。

金貨四枚を俺の左手に押しつけてきたジャックは、仮面の奥で口元を緩めた。

「……それじゃあ、こっちの金貨は『義賊』である僕が責任を持って、盗まれた方々に返そうじゃないか」

「衛兵に任せないのか?」

「中には被害届を出していない人もいるからね。全員にキチンといきわたるようにしなくちゃ」

「……そうか」

ジャックはようやく俺の腕から手を離すと、その場で恭しく一礼した。

「それじゃあ、今回は助かったよ。君の偉業は誰も見ている者がいなかった。だが、この僕と――そして」

彼は夜空にまっすぐに腕を掲げた。

ピンと指を伸ばし、告げてくる。

「――満月だけが、見守っていただろう」

そのとき、夜の空から俺の手の中に、一枚のカードが舞い落ちてきた。

俺の新たなる力だ。

……今回の成長した魂の分か。まあ、いい。今はこれだけで、勘弁してやるよ……。

オンリーカードを空中でひったくるように掴むと、俺は振り返らずに歩き出す。

頭が痛い。早く宿に帰ろう。

その背に、慌ててナルが追いついてきた。

「で、でもすごいね、マサムネくん。よくわかったね、あの像に金貨が隠されていたって」

「……まあな。ピンと来たんだよ」

俺の元いた世界にもあるからな、ああいうの。

さすがにあそこまでデカいのは初めて見たが。

あれ、貯金箱っていうんだよな。


翌朝。なにかが足りないことに気づいて、俺は首を傾げた。

なんだっけかな。

昨夜は魔力を使いすぎて、頭がくらくらしていたからな。

そう、ベッドのこの辺りに、いつもなら撫《な》でる感触が……。

あったような気がしたが、まあいいか。

きょうから俺の新たなる冒険者ライフは幕を開ける。

——金貨四枚、確かに回収したぜ。

真っ白いペンキをぶっかけられて、半日女神像の真似をしていたミエリが、満月が沈んだのちに再び猫の姿で鳴きながら帰ってきて、ようやく俺は彼女のことを思いだしたのであった。

「悪い、忘れていた」

「にゃあああああああああ！」

こうしてひとつの事件が幕を閉じたホープタウンには、

——間もなく本当の危機が訪れようとしていた。

第五章　『魔族を狩る者たち』

俺は宿の近くの原っぱにやってきて、一枚のカードを眺めていた。

昨日手に入れたこのカードの名は【スクリュー】。効果は対象に回転と直進の効果を与える、というものだ。

そう、俺はついに火力を手に入れたのだ。念願の、である。

「ついに来たな、俺の時代が……」

やっとだ。ここまで本当に長かった。

魔王城の近くに突き落とされたり。ギガントドラゴンからほうほうの体で逃げ出したり。盗まれた金貨を取り戻すため、怪盗になってみたり。自分がタンポポの神だと名乗ったり。

変人かよ……。

でもそんな日々もようやく終わるんだ。

眠そうに顔をこするミエリよ。見ていろよ。

石を拾う。これを発射するとしようじゃないか。

木の枝を狙い、俺はカードを発動させる。

「オンリーカード、オープン……【スクリュー】！」

カッと光が瞬いた。

俺の手から飛んでいった石ころは、見事に回転しながら直進し、木の枝を貫いた！

お、おお……。やった、やったぞ……。

今回ばかりはオチもなしだ。コストだってそれほど重くはない。まだまだ使える。何度でも使える！　俺はようやく、攻撃手段を手に入れたのだ！

「やったああああああ！」

空に拳《こぶし》を突き上げる。

俺の異世界成り上がり生活は、まだ始まったばかりだ。

これからの俺の活躍にご期待ください！


さ、懐も潤ったことだし。そろそろ用事を済ませにいくとしよう。

やっぱり金があるというのはいい。安心する。だがいつかはなくなってしまうものだ。ちゃんと貯蓄もしていかないとな。

そんなことを考えながら、俺とミエリは通りを歩く。

ここらへんは武器や防具を売っている店が連なっているようだ。歩いているやつらも、冒険者ばかりだな。肩がぶつからないように、気をつけないと。

さて、焼肉パーティーのときに教えてもらった店は、どこかな。

ああ、ここだここだ。

看板が出ている。『工房ウィグレット』か。骨やら鉱石やらが、店の外にも散乱していた。

邪魔するよ。

「いらっしゃい。ああ、アンタたちかい」

すると左目に眼帯をつけた妙齢の女性が、出迎えてくれた。

彼女が加工師ウィグレット。俺のギガントドラゴンの素材を預かってくれた人である。

美人だし、褐色の肌を惜しげもなくさらしている。引き締まった体はたっぷりと肉が詰まっているようにむちむちしていて、それなのにしなやかで細く。

まあなんというか、目に毒だ。

「聞いたよ。アンタ、怪盗を名乗る悪党を捕まえたんだってね。すごいじゃないか」

「え？　なんだ、もう知れ渡っているのか？」

「こんな商売をしていりゃ情報も集まってくるってもんさ。しかし、もうホープタウンの危機をふたつも救ったなんて、大した男だよ。とんでもないルーキーが現れたもんさ」

ウィグレットさんは屈託なく笑うと、こちらに手を翻す。

「で、どうするんだい？　ギガントドラゴンの骨と皮。好きな装備を作ってやるよ」

素材を誰に任せて加工してもらうかっていうのは、俺としても様々な判断材料を集めたかったのだが、しかしその必要はなかった。

ギガントドラゴンの素材ぐらい高レベルともなると、この町で加工ができるのはウィグレットさんただひとりらしい。

そんな人がどうしてホープタウンで加工屋なんてやっているのかは、よく知らない。

しかし、どうしたもんかな。

「全身鎧《よろい》と、剣を二本とかもいけるのか?」

「そいつは無理だわね」

ええっ、あれだけのデカブツを倒したのに、無理なのかよ。

「納得いかないって顔しているね、ルーキー。冒険者ギルドのクエストで倒したモンスターの素材は、取り分が決まっているんだよ。討伐報酬は、素材買い取りの値段も含められているのさ」

ああ、そういうものなのか。

仕方ないな。今は金のほうが大事だ。

「せいぜい皮から作る鎧なら、上半身か下半身を一部位。それに骨から作る武器も、長剣が一本ってところかねえ」

「なるほど、意外と少ないな」

まあ、しょうがないか。

「じゃあ武器はとりあえず、長剣を一本頼むよ。俺にも取り扱えそうなやつだ」

「あいさ。金貨一枚ってところさね」

え、お金取るの?

俺がきょとんとしていると、ウィグレットは声を上げて笑う。

「当たり前じゃないか。ギガントドラゴンのボーンソードって言ったら、それこそずいぶんと値の張る代物さ。加工のために聖銀や魔光鉱を使わなきゃなんないんだから、それぐらいするよ。ま、売り物にしたら金貨六枚はくだらないんだから、これでも破格の安さだね」

「そうか……」

するとウィグレットはニィッと笑う。

「安心しな。アンタはそれでも町の恩人だ。お代は後払いでもいいよ。死んじまったら、そんときは剣を返してくれるだけでいい。アタシは優しいだろ？」

「シビアだなあ」

「長剣はできるまで十日ほどかかるだろうよ。さて次だ。鎧はどうする？」

ううむ。どの部位がもっとも大事なんだろうな。

いや、やはり胸か。胸当てだろうな。体の中心線を守らなければ。

「あいよ、こっちも金貨一枚。この町の恩人だし、端数は切り捨てでいいよ。締めて金貨二枚だ」

「わかった、先に払おう」

俺は首から下げた財布を懐から取り出し、金貨二枚を手渡す。

「毎度ありー」

「じゃあまず、デザイン案から企画書を頼む。俺もコンセプト作成には協力する。キャッチコピーは『素人《しろうと》でも使える剣と、絶対に死なない鎧』だ」

「へ？」

ウィグレットさんは目を丸くした。

「モノづくりとなれば、俺も妥協はしたくない。ふたりでとことんがんばって、いいものを作り上げていこう。な、ウィグレットさん」

「え、なにこの子、すごいめんどくさい」

ミエリも同意をするように、「にゃあ」と鳴いた。

失敬な。


しかし、金がもう残り半分か……。

考えてみれば、俺は今、二百万円分の買い物をしたことになるな。とんでもねえ。

まあいい。長剣が扱えなかったら、そのときは引き取ってもらえばいいのだ。金貨六枚で売れるって言っていたしな。差額を考慮しても、金貨一枚よりは高いだろう。

そう、手持ちは減ったが、資産が減ったわけではない。むしろ増えたのだ。

新《エキスパンシヨン》作やルール変更で価値が激しく変動するカードとは違う。

とはいえ、金貨二枚と怪盗を捕まえたクエスト報酬の銀貨四枚もあれば、あと十日ぐらいごろごろしていてもいいだろう。

剣ができたら、試しに冒険に出てもいい。

さ、うまそうなものでも買って、宿に戻るぞ。

戦士の休息だ。誰にも俺を止めることはできない。

「あ、マサムネくん！　いたいた！」

「……」

俺は振り返らない。今のは風の声だ。

だめだ、腕を掴《つか》まれてしまった。

バカデカい弓を担いだあまりにも目立つエルフ。ナルだった。

その無駄に造形の美しい美少女然とした態度で、俺を覗《のぞ》き込む。

「ねえねえ、マサムネくん！　マサムネくん！　そろそろ冒険にいこうよ！　ね、ね、ね⁉」

「うるおおおおおおおおあああああああああああ！」

「えっ⁉　な、なに⁉　なになに⁉　驚天動地⁉」

思いっきり威嚇して、俺は走り出す。

ナルはびっくりしてその場に立ち止まっていたが、しかしすぐに追いかけてきた。

「ちょっとマサムネくん⁉　どうしたの⁉　冒険ヤなの⁉」

いやに決まっている。なんで金があるのに、わざわざ好き好んで痛い目を見にいかなければならないのだ。俺は用心深いんだ。できることなら生涯を町で過ごしたい。

だがナルは回り込んできた！

「ねー、いこうよー、いこうよいこうよー、ねー、いこうよー。大丈夫だよー、あたしがしっかり守ってあげるからさー、えへへー」

「嫌だ！　お前は他のパーティーに交ぜてもらえばいいだろ！　なんで俺なんだ！」

そう言った直後、ナルはにっこりと笑う。

天にもらった美貌《びぼう》の無駄遣いである。

「あたしはマサムネくんがいいんだもん！　マサムネくんと組んでいたらあたしがとっても気持ちよく竜穿を引けるんだから、他の人になんて絶対に渡さないよ！」

「そんな嬉《うれ》しそうな顔でなに言ってんの⁉」

「わかったよマサムネくん！　今回キミはなんにもしなくていいからさ！　あたしがゴブリン退治するから！　キミは後ろで見ているだけで大丈夫！　安心安全のナルルースがんばります！」

「うそつけえええええええええ！」


というわけで、俺とナルは冒険者ギルドのクエストボードの前にいた。

なんでこうなってしまうのか。

「まあ、以前の怪盗の一件でナルにはタダ働きさせちまったからな……」

「えーへーへー」

「これで貸し借りはなしだぞ」

「はーい！　重々承知！」

ほんとにわかってんのかよこいつ……。

世界一自分が幸せ！　みたいな笑顔をしやがって……。

「依頼、ゴブリン退治ばっかりだねー」

「そうだな」

大方、ギガントドラゴンからねぐらを奪われたゴブリンたちが、戻ってきているんだろう。

その間、ゴブリンは冒険者に狩られていなかったから、繁殖が進んでしまっていた、というわけだ。で、その駆除依頼が今になって集まってきた、と。

「ゴブリン退治でいいのか？」

「うん、マサムネくんと一緒だったらなんでもいいよ！」

なんでだよ、もともとドラゴン退治に来たんだろお前。冒険はピクニックじゃないんだぞ。

まあ簡単そうなものでいいなら、ありがたいけどな。

俺はギルドを見回した。ちらほらと人がいる。

「誰かを誘ってもいいか？　ナル」

「え？　うん、もちろんだよ。あ、で、でも、あ、あたしはふたりでも大丈夫だけどー！」

きょとんと目を丸くしているナルは、耳をピコピコと揺らす。

確かにこいつは力持ちだし頑丈だが、戦闘ではまったく役に立たない。

しかし、この見た目である。

完全無欠の美少女エルフ。森の宝石だ。ミニスカートから突き出た生足は、好きなやつならこれだけで三食はイケるはず。

騙《だま》されてホイホイとついてくるやつも出てくるだろう。

……美人局《つつもたせ》みたいだな。

よし。手あたり次第声をかけていこう。

だが……。

「なあお前、俺たちのパーティーに入らないか？　あのドラゴンを退治した俺たちだぞ」

「えっ……や、やめとくよ」

えっ。

「一緒にゴブリン退治にいこうぜ。大丈夫大丈夫。俺たちはなんてったってギガントドラゴンを倒したんだから。任せとけ！」

「……でも、ナルルースさんだろ？　弓、当たんねえじゃん……」

えっ。

「よし、キミだ！　ティンと来た！　キミこそが未来の冒険者のスターだろう！　俺たちとゴブリン退治にいって、その英雄譚を始めよう！」

「嫌だよ。俺あいつの流れ矢に殺されそうになったんだぜ。もう二度とごめんだね」

……それ俺もだよ……！

ギルドにいるやつ全員に声をかけたが、全滅である。ナルの悪評がここまで広まっているとは思わなかった。こいつ、いつの間に大暴れしてきたんだ……。

確かに接近したらあの弓はすごい威力だ。だが、それでもそれ以外のことはまったく役に立たないし。そもそもゴブリンを倒すのには明らかにオーバーダメージなんだよな……。

遠距離から射られたら、今度はこっちの身が危険に晒《さら》されるし……。

バタンと扉を開いて入ってきたやつに、俺は嘆息しながら声をかけた。

「なあお前、俺たちと一緒にゴブリン退治にいかね？」

どうせ断られるだろ。

だが。

「……僕？」

俺は顔をあげた。

ロクに確認もせず勧誘したそいつは――ジャックだった。

「…………」

俺は悩んだ結果、魂を売り渡した。

ジャックがどんなにいけ好かない男でも、ナルとふたり旅よりはマシだな……。

◇◆◇◆◇

ジャックは両手で短剣を操るシーフだ。罠《わな》の対処や開錠はお手の物、ってやつだな。

「ダンジョンに挑まないのなら、シーフの出番はないからね。あんまりパーティーに誘われることはなかったんだよ」

そういうものか。

俺たち三人＋猫ミエリは、森の中を歩いていた。

「だったらなんでこの町で冒険者なんてやっていたんだ？」

「……別に、大した理由はないよ。まあもともと冒険者だって、食うに困ってやっていたわけじゃないしね。剣の腕が錆《さ》びつかないように、ほどほどにやっているものさ」

ジャックは前回の一件以来、俺に対するなにやら見下すような雰囲気がなくなっていた。少しは俺の実力を認めたということなんだろうな。俺はそういう経験を何度も味わってきた。懐かしい。大人たちはガキだった俺にカード勝負で負けると、徐々に俺に一目置くようになっていったものだ。

ナルは例によって例のごとく、巨大な弓を背負いながら散歩するように森を進む。

「ジャックくん、剣術がすごく達者だよねー」

「……ん、まあね」

「あれってどこかでちゃんとした人に師事したんでしょ？　紅狼二刀流《クリムゾンウルフ》の太刀筋だよね」

「す、すごいね、君それちらりと見ただけでわかるのか」

ジャックはなにやら動揺しながら返す。

「ま、まあ少しかじっていたことがあってね。冒険者なんて稼業をするんだったら、強さは何よりも優先されるべきものだからさ」

「それわかる！　やっぱりパワーがすべてだよね！　攻撃力はあらゆるものを貫くんだもん！」

「さっきから気になっていたんだけど……それにしても、すごい弓だね、君の」

「ふっふっふ、わっかっるー？」

ナルは上機嫌で弓を掲げた。

「これぞ宝弓『竜穿』！　我がエルフ族の至宝だよ。里でも扱える人はあたしひとりだったんだからね！　その攻撃力は説明不要！　具体的にはギガントドラゴンの頭部を一撃で貫いた！」

「す、すごいね」

ジャックはナルの勢いに気圧《けお》されながらうなずく。

「なんで君みたいな子がホープタウンにいて、そんな冴《さ》えないくたびれた男と一緒にパーティーを組んでいるんだい？」

「おい」

言いたい放題言ってんじゃねえよ。

睨《にら》むがジャックは肩を竦《すく》めるだけだ。

だがナルはとても嬉しそうな笑顔を浮かべた。

「だって、マサムネくん、放っておけないじゃん！　ひとりにしたら明日《あした》には野垂れ死んでそうだもん！　あたしが支えてあげなきゃ、守ってあげなきゃって思うの！　えへへへー」

『うわあ』

俺たちは声を揃えてつぶやいた。

初めてジャックと心が通じ合った瞬間であった。

「ま、まあでも、強力なアーチャーがいてくれるのはありがたいよ。僕はシーフだし、それほど攻撃力が高くないからね」

取り繕うように、ジャックが言う。

「なんかお前、俺に対する態度と違いすぎじゃねえか」

「強者には敬意を払う必要があると僕は思っている。それが僕なりの哲学だ」

「……そうか」

ナルはニコニコ笑っているし、猫ミエリはナルの肩でスヤスヤ眠ってやがるし。

このパーティーうまく機能するんだろうな。

——結果から先に言えば、機能しなかった。


今回のゴブリン討伐は目標二十四で、それを超えると一匹ずつボーナスがもらえるようだ。といっても銅貨十枚程度だったりするらしいが。

達成報酬は銀貨三枚。三人で割りやすいからという理由で選んだクエストだった。

ゴブリン退治は簡単で、しかも近くの森というお手軽さによって、その日暮らしの冒険者たちに愛されているようだ。だったら別に俺たちがいかなくてもいいのではないか……。

まあ、来てしまったものは仕方ない。やるか。

「お、マサムネくん、きょうはちゃんと武器を買ってきたんだねー」

「ああ」

そう。俺は腰にライトクロスボウを下げていた。

ゴブリン退治に出る前に、ボルト二十本と合わせて、銀貨四枚で買ってきたのだ。

力がなくてもボルトがセットできる、巻き上げ式のライトクロスボウである。

剣や槍《やり》にしようかと思ったのだが、まあ、最初は射撃武器のほうがいいだろう。

斬りかかるのはやっぱり少し怖いしな。

「ちゃんと試し打ちはしてきた。五メートル以内なら届くし、そうそう外さないさ」

「ふふ、遠距離攻撃の道は長く険しい。勇猛《ゆうみょう》精進！　がんばるのだよマサムネくん！」

「お前は一メートル先の的に当てられるようにがんばろうな⁉　な⁉」

ナルにヘッドロックを掛けながら説得すると、彼女は必死にうなずく。どうやらわかってくれたようだ。

ジャックは「一メートル先の的に……？」と怪訝《けげん》そうな顔をしていたが、それはいい。口で言うより見てもらうほうが早いだろう。

さて、森の中を三十分も進むと、すぐに小さな鬼の姿が見えた。

緑色の肌をして、尖《とが》った鼻と耳を持つ、ちっこいやつらだ。その手にはナタのようなものを持っている。見える限りでは、三匹だな。

俺たちは立ち止まる。

こんなに町の近くにいるのか。これじゃ定期的に駆除しないと大変だな。おちおち木こりもできまい。

さて、どうしたもんか。作戦はいくつかあるが、どれでいくかね。

俺はちらりとジャックを見た。

（あれぐらいの敵、お前に任せてもいいか？）

（まあゴブリン三匹ぐらいなら、なんてことないだろうね。君には無理だろうけど、僕なら一瞬で片づけられる）

ジャックは当然とばかりにうなずく。

だんだんこいつの調子に乗った発言にも慣れてきたな。

（ジャック、俺が先にクロスボウで仕掛けるから、お前はそれから飛びかかっていってくれ。お前が前衛、俺が後衛だ）

（いいけど、彼女が一撃仕掛けてからのほうがいいんじゃないかい？）

（……いや、ナルは秘密兵器だ。待機させておこう）

そう言うと、ジャックは首を傾げながらもうなずいた。

（じゃあ、クロスボウが当たった瞬間が合図だ）

ナルにはここでじっとしていろと言い聞かせ、俺はゴブリンに向き直る。

念のためにバインダを脇に挟みながら、クロスボウを構えた。

さ、やるぞ。

引き金を引くと、ボルトはゴブリンの首に吸い込まれた。

よし。当たった。

ひっくり返って倒れるゴブリン。その様子を見て、他のゴブリンが叫び出す。

同時に、ジャックもまた走り込んでいた。

彼は腰に佩《は》いた二本の短剣を逆手に抜き放つ。

紅狼二刀流《クリムゾンウルフ》だったか、それはナル曰《いわ》く苛烈《かれつ》で有名な剣術らしい。ジャックはシーフだから腕力や筋力といった能力値は本職に及ばないものの、見事にゴブリンの首を刎《は》ねていた。

おお、やるな。

その刀身には緑色の血すらもついていなかった。見事な早業だ。

「ま、こんなところかな」

カチン、と音を立ててジャックは剣をしまった。

くそう、気に食わない男だが、その戦力だけは手放しがたい……。

そんなことを思っていると、後ろの茂みからさらにゴブリンが顔を出した。

やべ、ボルト装着しないと。

ゴブリンはどんどんと数を増してゆく。

五匹、十四匹、十五匹――。

何匹いるんだ。やべえ。

「おい、ジャック！　って、ジャック⁉」

振り返る。もう遥《はる》か後方にいた。

「そのままじゃ取り囲まれるから、とりあえず逃げたほうがいいよ」

わかってんだよそんなこと！


「くそがあ！」

叫ぶ。もう誰に向かって叫んでいるのかもわからない。この世の不条理にかもしれない。

ジャックもナルも、逃げ足はとてつもなく速い。

ミエリなんて、ナルの肩に乗ってあくびしてやがるからな！

一番遅れているのは、俺だ。【ラッセル】のカードがあっても追いつけない。

って、げ、逃げた先にもゴブリンがいるじゃねえか。くそ、やるしかないのか。

「ナル、ジャック！　ここで後続を迎え撃つぞ！」

「わかったよ！」

「じゃあ僕が前をやるから、ナルさんが後ろだね！」

「りょーかい！」

「って待てえ！」

俺が絶叫するが、ナルはすでに弓を引き絞っている。

それはまるで流れる水のようによどみない動作であり、美しくすらあった。

だが――。

「やめろ！　お前は射るな――」

「──乾坤一擲《けんこんいってき》！　百発百中！」

ナルの放った矢は轟音《ごうおん》を立てて、そして見事な曲線を描いて、駆け出そうとした俺の足元に突き刺さった。

土が舞い上がり、俺の口に入る。味方からの目くらまし攻撃である。

崩れた体勢を慌てて立て直す。転んでゴブリンたちから袋叩《ふくろだた》きに合うところだった。

ぶち殺すぞ。

「うおおおおおい！　ぺっぺっ！　邪魔すんなよお前！」

「ごめんなさああああああああい！」

それを目撃したジャックは、ぽかんと口を開けていた。

「え、なに今の」

「た、たまたまさ！　乾坤《けんこん》アチョー！」

ナルの二射目はジャックの足元に着弾し、大量に土砂を巻き上げた。

きざったらしい銀髪が泥で一気に汚れる。いい気味だ。なんて思っている場合ではない。

くそ。あっちはジャックに任せるか。

改めて、俺はバインダから二枚のカードを引き抜く。

火力を見せてやる。

そこいらの手頃な岩を拾って、そして放つのだ。

「これが俺の決定打《フィニッシャー》だ！　食らえ──【レイズアップ・スクリュー】！」

カードによって打ち出された岩は、回転・前進し、ゴブリンの大群のど真ん中にぶち当たった。

どおおおおんと爆発音が響き、ゴブリンの群れは統率を失ったかのように騒ぎ立てる。

おお……！　これだよこれ！　こういうのがやりたかったんだよ、俺は！

一度パニックを起こした敵なんて、烏合《うごう》の衆だ。

「すごい！　マサムネくん、すごいよ！」

俺はその場に膝《ひざ》をつく。

疲労感が半端ないが、しかしそれだけの効果はあった。

あとはクロスボウを持ち上げ、一匹一匹を始末してゆくだけだ。

って。

散り散りになって逃げてゆくゴブリンどもを、ジャックは悠々と見送っている。

「おいおい、お前……」

慌てて近寄ったところで、俺は気づいた。

地面に突き刺さったナルの矢の近くで、こいつは――。

「白目剝《む》いて、気絶している……」

「えええええ⁉」

ナルの絶叫が響き渡った。

俺たちは町へと帰る途中だった。ゴブリン退治の依頼を途中で放棄しての、帰宅だ。ナルの矢の洗礼を浴びたジャックが、青い顔で「もう帰ろう」と言い出したのだ。どうやら死の恐怖を味わったらしい。

ううむ、そんなに怖かったか。

「ご、ごめんねえ〜〜〜〜……」

「いや、うん、まあ、うん……」

ナルがいくら謝っても、ジャックの様子はもはや心神喪失状態だ。

格好悪いところを見せてしまったからか、俺に対してもバツが悪そうである。

……このままじゃ、もう二度と組んでくれなそうだな。

とりあえず猫ミエリを差し出してみた。アニマルセラピーだ。

「……なんだい」

「いや、別に……ほ、ほら、猫だぞ……」

「にゃーん」

「……そうだね、猫だね……」

ジャックは気落ちした顔でミエリの背を撫《な》でている。

ううむ、妙にしおらしくなっちまって、やりづらいな。

ナルもまた、自分がいかに足手まといか改めてわかったようだ。

射出された竜穿の矢を【スクリュー】でぶっ飛ばすことは考えたが、しかし無理だ。あれほどの勢いのモノをまっすぐ飛ばすことは、【レイズアップ】でもできないだろう。味方への被害がより甚大になるだけだ。

しょんぼりしているナルに、俺は声をかける。

「……別に竜穿にこだわらなくても、いいじゃねえか。剣とかにしてみたらどうだ？　ナルの運動神経だったらそこそこやれるんじゃないか」

「うん……。でもこの弓を引けるのはあたししかいないし、あたしもこの弓を引くためだけに、ずっとがんばってきたから……」

「そうか」

俺たち三人はとぼとぼと肩を落として帰る。

ギガントドラゴンの討伐に成功したと思いきや、今度はゴブリンの討伐に失敗か。

なんてパーティーメンバーだ。まったく。

――そんな帰り道、俺たちは町の近くで行き倒れを見つけた。

草原にぴくぴくしながら倒れている娘がひとり。膝下《しっか》まで隠すローブをまとった赤毛の女の子だ。

「……」

助け起こすのが普通の人の行為だろう。だがその前に、俺は辺りを見回した。

「？　なにを探しているの？」

「……いや、なんでもない」

俺は道路に飛び出した猫を助けて、この世界に送り込まれたんだ。

ダンプカーは来ないな。まあ、だったら助けてやろう。

「お前、大丈夫か？」

「う、うあー」

やつれた顔だ。赤毛のツインテールからも、艶《つや》が失われている。

彼女は手を伸ばして、震える声を出す。

「お……おなか、すいた……」

ふむ。行き倒れか。

どうせあとは帰るだけだしな。実はやってみたかったことがある。

俺はバインダを呼び出して、カードを使った。

「【レイズアップ・パン】」

本日二度目の【レイズアップ】だ。さすがにずっしりと肩にのしかかってくるものがあるが、まあ所詮《しょせん》は【パン】の【レイズアップ】。消費ＭＰは大したものじゃない。

だが、ぽんっ、と足元に出現したのは、いつものコッペパンだ。

あれ、タンポポみたいにでっかくなったりしないんだな。

「!?　あなた、今なにを!?　えっ!?」

女の子は非常にびっくりした顔をしていた。

そうしていると、相当な美少女だということがわかる。スタイルはそこそこだが、ナルよりも胸はあった。

しかしこの美しさ。ナルやミエリに匹敵するのではないだろうか。異世界はすげえな。

「今、パン、出したの……？　どうやって……」

「まあまあ、食え食え」

「……食べても、平気なの？」

俺の代わりに、「にゃーん」とミエリが返事をした。

女の子はおそるおそるパンに手を伸ばす。

少しだけ匂いを嗅《か》ぐと、空腹には耐えられなかったのか、すぐに口をつける。

そしてその目を見開いた。

「なに、これ……」

「どうだ？」

その瞬間だった。

彼女は猛烈な勢いで喋《しゃべ》り出した。

「すごい、おいしい……すごいおいしいよ……こんなにおいしいパンを食べたの初めて……。あぁ、どうしてなの、涙があふれてきちゃう……。まさかこれは、おばあちゃん……、おばあちゃんが作ってくれた、初めてのパン……。私が大好きだった、太陽の味がするよお……」

お、おう。なんか語り出した。

すごいな【レイズアップ・パン】。ここまでの威力か。

泣く彼女は濡《ぬ》れた瞳《ひとみ》をあげて、俺を見る。そこには信仰心すらも宿っているようだった。

そっと、彼女はその場にひざまずく。

そして――。

「ああ、ああ……。ありがとうございます、助かりました……。私はキキレア・キキ。あなたが、パンの神様だったんですね……」

「なぜそうなる⁉」

――恭しく土下座をする女の子に、俺は叫んだ。

今度はパンの神様か！

◇◆◇◆◇

というわけで、冒険者ギルドにさっさと戻ってきた俺たち。お昼時だというのに、誰も人がいない。みんなはゴブリン退治に精を出しているのだろう。

キキレア・キキは冒険者ギルド併設の酒場にて、これでもかというほどに食事をかっ食らっていた。もはや暴食の権化だ。

「ああ、ありがとうございます、ありがとうございます……。このご恩は忘れません。ああ、ありがとうございます……」

そう泣く彼女を見ていると、なんだか胸が痛くなってくる。

しかし、よく食うな……。

遠慮するなと言ったのは俺だが財布に大打撃だぜ……。これも衝動的な言葉の報いか……。

俺とジャックはクッキーをかじりながら、その食べっぷりをげんなりして見守っていた。

「……またマサムネくんが女の子拾ってる……」

俺の隣に座っているナルが、なにやら半眼でぼそっとつぶやいた。

「またってなんだよ」

「……だって、前もすごく綺麗《きれい》な女性と一緒にいたし……」

しかしそんなナルも元気がないようだった。

よっぽど落ち込んでいるんだな。

それはそうと、俺は赤毛ツインテールのキキレアに興味があった。

背負っている杖《つえ》といい、全身を覆うローブといい、キキレアは明らかに魔法使いだ。

この町には、なぜかは知らないが、魔法使いが非常に少ない。

俺は前々から憧《あこが》れていたのだ。魔法使いという存在に。

後衛からかっこよく皆を支援し、エレメンタルを召喚し、ときにはその大火力で敵を圧倒する。

トレーディングカードゲームのプレイヤーとは、魔法使いのようなものではないか。

……俺も魔法を、使いたい！　すごく使いたい！

「なあ、キキレア」

「あっ、は、はい⁉　なんでしょうか⁉　あっ、ご、ごめんなさい、私ひとりで食べちゃってて！　食べますよね⁉」

「いや、それはいい」

肉を差し出され、静かに首を振る。

「お前さ、魔法使いなんだよな？」

「──」

彼女は目を見開いた。

その手からフォークが落ちて、床に落下してゆく──。のを、直前でジャックがキャッチする。

「お、落としたよ、お嬢さん」

凄《すさ》まじい早業だ。

いや、そんなことより。

「私は、私は……、魔法使い……、そう、魔法使い……」

ぷるぷると震える彼女は、様子がおかしい。なにかを思い出しているような顔だ。

「ええ、そうよ、魔法使い……！　私、そうだったわ……！　なんでこんなところで、オゴってもらって涙を流していたりするの……！　思い出しなさい、キティー、そうよ、思い出すのよ！」

真っ青な顔色で立ち上がり、胸に手を当てる。

「そう、私は！　最強の雷魔法使い、キキレア・キキ！　冒険者ランクS級の大魔法使いよ！」

な、なんだと！

彼女が見せつけてきた冒険者カードには、その通りのことが書いてある。

「って……すごいのか？　S級って」

「君はなにも知らないんだね、マサムネ。S級っていったら、冒険者の中でも本当に選ばれし一握りの才能。百人もいないんじゃないかな。天才のさらに上、大天才だよ」

「じゃあ、なんでそいつが行き倒れているんだよ」

そう言うと、彼女は胸を押さえながらぐわんとその場に崩れ落ちた。

「……えなくなった……の……」

「え？」

再び彼女は泣き出した。

「雷魔法が……！　使えなくなったのよぉ……！」


詳しく話を聞くと、こうだ。

「私は幼い頃からずっとミエリさまに信仰心を抱いて、生きてきたわ。だからこそ、幼くして雷魔法を極めることができたの」

「はあ」

「あ、あなた！　どうしてミエリさまなんか、って思っているでしょ！」

え？　いや、全然思っていないよ。

確かにあいつはかなりのポンコツっぷりだけど、まあ、うん。

ちょっとは思ったかもしれない。

テーブルの端っこにいた白猫が、びっくりして顔をあげていた。

キキレアは猛烈な勢いで喋り出す。

「確かにミエリさまはマイナーだわ！　魔法を司《つかさど》る八柱《はちはしら》の神様！　その中でも一番使えないと評判よ！　雷魔法は威力は高いけれど、応用力はないし、扱いづらいものね！　私だってそう思うときはあるわよ！　なんでミエリさまなんて選んじゃったんだろ、って！」

「お、おう」

「なんでその猫を必死に押さえているんだい？　マサムネ」

「ははは、こいつもミエリって名前なんだよ。だから怒っているんじゃないかな、なんて」

「にゃあああああああ！」

足をばたばたと動かす白猫はともかく、キキレアはさらに拳《こぶし》を握る。

「何度も他の神様……、そう、新生と炎の神フラメルさまだとか、再生と治癒の神エンピトルさまだとかに、鞍替《くらが》えしようと思ったわ……。でも私はマイナーでも、どんなに影が薄くても、それで一流になれるって証明したかったの！」

「わかるよ！」

「えっ……」

そのとき、ナルが突然立ち上がった。

「あたしも絶対に弓でトップを取るんだって、そう思っていたから！　キキレアさんのこと、すごくわかるよ！」

「誰だか知らないけれど、ありがとう！　そう、そうなのよ！」

女子ふたりはがっしりと手を合わせる。

えーと。

「なあジャック、俺がおかしいのかな」

「うんまあ、どうだろうね」

ジャックはげんなりしつつもつぶやく。

「まあ、こだわりというものには、想いが込められている。険しい道を歩むのは、自分が自分であるためだよ。それを捨ててしまえば、そもそも理由がなくなってしまうからね。合理的であるがゆえに、想いが失われてしまう場合だってあるさ」

「はあ」

生返事をするものの、俺は思い直した。俺もあんまり変わらないのかもしれない、って。

屑《クズ》カードを使って全国大会で優勝するために、それなりに努力したものだったしな。

そうか、なんとなくわかる話かもしれない。こだわりとか、好きって気持ちは、大事だな。

「そうか、すごいじゃないか、キキレア。そんな屑みたいな魔法でS級冒険者にまで上り詰めるなんて。屑雷魔法でも、やればできるんだな」

「そうなのよ！　屑女神さまの屑魔法でも、できることはあるのよ！」

「にゃあああああああああああああああああああああああああああ！」

俺とナルとジャックがうんうんとうなずく中、白猫だけが猛烈に抗議するように叫び続けていた。

なんだこいつ、うるせえな。発情期か？

とはいえ、だ。

「それが使えなくなったんだろ？」

「……そう」

しょんぼりと肩を落として、キキレアはその場に座り直す。

骨付き肉はずっと手に持ったままだ。

「信仰心を失ったのかな、って思っちゃったんだけど、でもそうじゃないみたい。こないだの夜に突然使えるようになって、でもまた使えなくなっちゃったから。ま、どっちみち前線から追い出されちゃってたんだけどね。魔法が使えない魔法使いなんて、ただの人だもの……」

……ん。いや、それって、もしかして。

俺はじっと白猫を見た。

白猫はぷい、と目を逸《そ》らす。

……ひょっとしなくてもこれ、お前のせいだよな。

ミエリが地上に降りてきて、そして光の力を失って猫になっているから、ミエリを信仰している魔法使いたちは、魔法を使えないってことか。

じゃあもしかしてこの問題、世界中で起きているんじゃねえか？

「にゃ、にゃふっ」

ミエリはぺろりと舌を出してウィンクした。

……お前が地上に降りてきたことで、世界中の魔法使いが困っているぞ、おい。

闇を祓《はら》うつもりが、完全に光の弱体化に一役買っているよな……。

やめよう、俺は知らないふりをしよう。こんな事態、俺の手には負えない。

「ま、それでなんとかここまでやってきた、と」

「そうよ……。ホープタウンだったら、今の私にもできる仕事があるかもしれないから……」

不憫《ふびん》なやつだな……。

ミエリは俺の裾《すそ》を引っ張って、前足でキキレアを差す。

どうにかしてやれ、ってことだろうか。ミエリにとっては厚い信仰を持った信者なんだから、そう思うだろうけど。いやあ、しかしな……。

俺は頬をかく。

「なあ、今のお前にはなにができるんだ？」

「私？　私はそうね……。せいぜい低級の火魔法……たとえばファイアーアローとか、あとは低級の治癒魔法を使うのが、やっとのことね……。今から信仰心を高めないといけないし……」

へえ、治癒魔法使えるのか。だったらいいかもしれないな。

他のパーティーに確保される前に、取っておくか。

「なあ、お前さ」

「ん」

「俺と一緒にパーティーを組まないか？　治癒魔法が使えるなら歓迎するぞ」

「は？　嫌よ」

「嫌だと⁉」

こいつ、急に俺を見下したような目つきになりやがった。

腹が膨れたからって威勢が戻ってきてやがる！

「この私が！　今さらあんたたちみたいなカス冒険者とパーティーを組むはずがないでしょう⁉　どこに目をつけているのよ！　S級になってからまた来なさいよ！　私は最強の雷魔法使いよ！」

「いや、お前はその雷魔法が使えなくなって最前線から追い出されたんだろ。今はカス冒険者以下じゃねえか。なに大口叩《たた》いてんだよ」

――そう言った直後、だ。

キキレアは愕然《がくぜん》としていた。

この世の終わりのような表情だ。

「あ……、う、あ……」

ナルとジャックはこちらを白い目で見つめている。

「いくらなんでも今のはひどいよー、マサムネくん……」

「本当に君は粗暴な男だね、マサムネ……」

「なんでだよ⁉　事実を言っただけだろ！　実際こいつはS級冒険者パーティーに追い出されたじ

ゃねえか！　役立たずの烙印《らくいん》を押されたんだろ！　だから野垂れ死にしそうになってたんじゃねえかよ！」

「追い出されてないもん……。みんな、力が戻ったら、帰ってきていいって言ったもん……。私、追い出されてないもん……」

「それが追い出されたってことだろ⁉　ああ⁉　お前だって諦《あきら》めてホープタウンに来ているじゃねえか！　だったら今できるのは、今ある力を伸ばすことだろ！　俺たちのパーティーに来ればそれができるっつってんだよ！」

ぜぇぜぇと息を切らしながら怒鳴ると、キキレアは「ああああああああああああああああああああああ！」と叫びながら頭を抱えた。

「憎い！　憎いよぉ！　なんなのあのクソ女！　私と入れ替えでS級パーティーに入ってさあ！

『お疲れ様、しっかりと体を休めてくださいね』とかにこにこしながら言いやがってさあ！　あいつが魔法を全部失えばよかったのよおおおおおおおおお！　なんであんたはまだ魔法使えているの妬《ねた》ましいよおおおおおおおおお！」

涙を流しながら何度も何度もテーブルを叩くキキレア。

俺はその肩を叩く。

「力がほしいか？」

「うう、力が、力がほしい……この私をバカにしたすべての冒険者に復讐《ふくしゅう》するだけの力を……」

「よし、ならば力をやろう。お前は俺たちのパーティーで十分に力を発揮するんだ。そして俺に魔法の使い方を教えてくれ」

「ううううう、マサムネー……、こんな私でいいのー……？」

チョロいなこいつ……。

よし、これで十分に恩を売ったな。あとは魔法を教えてもらうだけだ。

夢が広がるな！

さらに俺の肩をポンポンと後ろから叩いてくるナル。

「ね、ね、マサムネくん、今さ、今さ、『俺たちのパーティー』って言ったよね⁉　言ったよね⁉

それってつまり、あたしのこと見捨てないでくれるんだよね⁉」

「言っていない」

「言ったよね⁉」


――そのとき、小さな地震が起きた。


俺を除いた皆は顔を見合わす。

「地震？　珍しいねー」

「なにかあったのかな」

「……なにかしら」

やたらとリアクションがでかいが、そうか。

日本人の俺にとって地震は日常茶飯事だったけど、ここの住人にとってはそうではないのか。

そして直後。

——さらに地面を揺るがすような怒鳴り声が響いた。

『出ぇてこおおおおおおい！　キキレア・キキぃいいいいいいいいいいいいいいいい！』


俺たちが町の入口に向かうと、そこは人だかりになっていた。

なんだなんだ。

「すまん、通してくれ」

門の近くまでやってきて、ようやくなにが起きているのかがわかった。

そこに立っていたのは、巨大な男だ。一目で人間ではないことがわかった。魔族だ。頭に鬼のような角が生えている。黒々とした肉体は鍛え抜かれており、まるで筋肉ダルマだ。

筋力全振りといった感じのタイプだな……。

「早く出せ、キキレア・キキだ！　この町にいるはずだろう！」

対応をしているのは、禿《は》げ頭で杖《つえ》をついている爺《じじい》。

町長だろう。『私が町長です』というたすきをかけているし。自己主張激しいな。

「そんな人は知りません！　いったい誰なのか……」

「嘘をつけ！　俺様の部下がこの辺りで見つけたと言っている！」

にしてもこの魔族、アホみたいにデカい声だな。

そのとき、門番が町長のところに走ってゆく。

「町長……確かに、名簿に名前が……！　キキレア・キキ、町に入っております、S級冒険者、キキレア・キキです！」

「なんと。あの『稲妻のキティー』か……？」

「やはりいるではないか‼」

魔族は鬼の首を取ったように怒鳴る。

「かつて我が軍を半壊させたキキレア・キキ！　部下の仇《かたき》を討つ機会がやってきたな！　まさかこんなところに逃げ込んでいるとは！　しかし無駄な抵抗だ。グワッハッハッハ！　さあ、出てこいキキレア！」

「む、むう」

町長を見下ろし、魔族はその口から豪快な牙《きば》を覗《のぞ》かせる。

「なんだ、かくまうか？　そうだ貴様たちはいつもそうだ！　身を寄せ合う弱き者どもよ！　構わぬぞ！　ならばこの町ごと破壊しつくしてくれるわ！　グワッハッハ！」

思わず走り出そうとしたキキレアの手を、俺は強く引く。

どうして⁉　という目で振り返ってくるキキレア。

俺は静かに首を振って、キキレアの頭を掴《つか》んで下げる。

(見つかっちまうぞ)

（でもあいつは私を捜しているわ！）

（そうだな。まあいい。今は判断材料を集めておけ）

（なんなの⁉）

そうこうしている間に、町長は毅然《きぜん》と首を横に振る。

「……この町は、旅立ちと希望の町、ホープタウン。もしこの町が魔族の言葉に従い、冒険者を差し出すようなことがあれば、もはやその名は捨てなければなりません」

「ほう⁉」

魔族は目を剝《む》いた。

「ならば俺様に逆らうということか！　グワッハッハ！　面白い！」

すぅぅぅと魔族は息を吸い込んだ。

そして今までの数倍以上の声量で――、町に怒鳴る。

『聞こえるか！　キキレア！　一日だけ待とう！』

――町じゅうのガラスが次々と割れてゆく。

なんて声だ。鼓膜が破れちまいそうだ。

『貴様がもし出てこなければ、この町にギガントドラゴンを放つ！』

冒険者も町の人も一斉にざわめいた。

ホープタウンを騒がせていたギガントドラゴンはこいつの仕業だったのだ。

『おびただしい数の死者が出るであろう！　それを止めたくば、俺様と戦うがいい！　俺様は西の森で待つ！　逃げも隠れもせんぞ！　グワーハッハッハ！』
キキレアは俺の手を握り返してくる。
その力はあまりにも強く、爪を立てられたら、血が噴き出しかねないほどだ。
魔族は悠々と背を向けて、引き返していった。
その無防備な背中に、誰も攻撃を仕掛けようとはしない。
……今、やればいいんじゃね？
俺がライトクロスボウを構えようとしたその時――。
「かくまっても構わんぞ、町長。そのときは町が――」
魔族が地面に拳《こぶし》を打ちつけた。
大地が揺れ、土煙が舞い上がる。
その向こう側で、魔族がはっきりとした声で告げた。
「――こうなってしまうだけだからな」
土煙が晴れたとき、そこには誰もいなかった。
ただひとつ、巨大なクレーターが残されていただけであった――。

冒険者たちは皆、冒険者ギルドに戻っていた。これからのことを話し合うためだ。
「魔王七羅将のひとり、『轟鳴《ごうめい》のギルドラドン』だな」

誰かがぽつりとつぶやいた。

ギルドラドンはこの辺りの地方を支配下に収めるために戦っていた魔王軍の幹部クラスの大将軍らしい。やつの率いる軍団は、ゴブリンやオーク、コボルトなどの亜人族だ。本来はもっと西の方にいたらしいが、ここまで遠征してきたのだという。

目的は、キキレアの首、だろう。

「勝てないよな……」

「ああ、勝てない」

皆はそう言い合いながらうなずいていた。

なんたってギガントドラゴンすらどうにもできなかったのだ。それを使役する大将軍を倒せるわけがない。

「だったら……」

だったら、そうだ。

勝てなければ、逃げるか、あるいはキキレアを差し出すしかない。

冒険者ギルドの雰囲気が沈み込んでゆく。

「——だったら、私に任せて！」

ばんとテーブルを叩いて立ち上がる少女がひとり。

全員の目が、彼女に集まる。

「私こそが、キキレア・キキ！　S級冒険者！　『稲妻のキティー』よ！」

『おおおおおお……』

　辺りがどよめいた。

「女の子だったのか！」

「こ、こんなにかわいかったなんて……」

「これじゃ俺、守りたくなっちまう！」

「キティーちゃん、マジキティーちゃん！」

　ざわめき出す一同に、キキレアは親指を突き出す。

「心配しないで！　あんな頭悪そうなやつ、私の魔法でちょちょいのちょいよ！　ちょちょいのちょいの、ちょいちょいちょいよ！　粉微塵《みじん》にしてやるわ！」

『おおおおおおおおおおお……』

さらにどよめく。今度は安堵《あんど》も混ざっていた。

「いやあ、Ｓ級冒険者さまがそう言ってくれるなんて、安心だ！」

「勝った！　俺たちは勝ったぞ！　勝利の美酒だ！」

「キキレアちゃん万歳ー！　キキレアちゃん万歳ー！」

　大騒ぎの冒険者たちに、キキレアは満面の笑みを向けた。

「私に任せておきなさい！」

『おおおおおおおおおおおおおおおおおおお！』

　――バカばかりか。

「やってしまったわ……」

日が落ちて、散々褒めてもらったキキレアは、外へと向かう道の塀に額をつけていた。

こいつもバカだった。

「私ひとりでどうすればいいの……」

「素直に話せばよかっただろ」

「……マサムネ」

猫ミエリは俺の足元をとぼとぼとついてきている。

自分のせいでキキレアが力を失ったと知って、さすがに責任を感じているような顔だった。

「にゃぁ……」

似合わねえな、こいつも。

キキレアはジト目でこちらを見たあとで、口を尖《とが》らせた。

「言えるわけないでしょ、今さら。私はすべての力を失って、今は低級魔法しか使えません。だからみんな助けてください、だなんて」

「なんでだよ。事実だろ」

キキレアは目を逸《そ》らす。

「……だって、かっこ悪いじゃん」

「は？」

「か、かっこ悪いでしょ！」

いや、顔を迫られても。

頬を真っ赤にして、キキレアは叫ぶ。

「自分より低ランクの人にお願いして、それで助けてもらうだなんて、かっこ悪いでしょ⁉　わかんないの⁉」

「わからねえよ。命の危機だろ。つかお前、俺にパンを恵んでもらっていたじゃないか」

「あ、あれはいいのよ……。私はパンを作れないし……」

キキレアはそっぽを向いた。

「とにかく、ご飯オゴってくれてありがと。私はもう行くわ。もしかしたらなにかのきっかけで、私の中に秘められたすんごいパワーが覚醒《かくせい》するかもしれないし」

「待て」

そう言って俺はキキレアのツインテールの片方を引っ張った。

歩き出そうとした彼女は、首をへし折られたような格好で立ち止まる。そして憤怒《ふんぬ》の表情で振り返ってきた。

「あ、あ、あ、あんたねえええ⁉　なにすんのおおお⁉　今死ぬかと思ったわよ⁉」

「キキレア」

「……なによ」

憮然《ぶぜん》とした彼女に、告げる。

「俺はまだ納得していないぞ」

「……は？」

「お前が戦いに行くことに、だ。今の判断材料ではお前は百パーセント死ぬ。そいつは許せない」

「なにがよ⁉」

キキレアは地団駄を踏む。

「あのね、勘違いしているなら言うけど、別に私はいい人でもなんでもないからね！　ちょっと私の顔が可愛いからって、下心を出しているんでしょ⁉　私が今まで魔物をどれだけ殺したか！　魔族だってさぞかし私を恨んでいるでしょうね！　私の手はとっくに汚れているのよ！　そんな私があんたみたいな低級の冒険者に助けてもらう資格なんてないわ！」

「そういう中二病はいらない」

「中二病⁉」

ぱかぱかと口を開閉するキキレアに、俺は静かに首を振る。

だがキキレアはまだめげなかった。

「い、いいじゃない！　私の好きにさせなさいよ！　私はもう何の力もないんだから！　魔王七羅将と一対一で戦って死ぬぐらいしか、私がかっこいいまま死ぬ方法は残っていないのよ！」

「いや、全然かっこよくないぞそれ。だってお前、雷魔法使えないから、相手もぽかーんとしたまま『え、なに、勝ったの……？』みたいな雰囲気にしかならないぞ」

「ああああああああ、もおおおおおおおお」

キキレアは髪を振り乱す。

涙目であった。

「なんなのよ、本当に！　なんできょう会ったばかりのあんたが、そんなことを言うのよ！　なんなの⁉　私の生き方勝手に決めんな！」

「お前こそ勝手を言うなよな。お前はもう俺のパーティーメンバーだろ」

「はあああああああああああああ⁉」

うるせえなこいつ。

別に俺は、キキレアを衝動的にパーティーに誘ったわけではない。

タダで魔法を教えてもらわなければならないのだ。

それに——。

「別に、死ぬことはないって言っているんだ」

「だったら逃げろっていうの⁉　尻尾《しっぽ》を巻いて⁉　それこそこの町にドラゴンが放たれて、阿鼻《あび》叫喚《きょうかん》になるでしょう⁉」

「違う」

俺はキキレアの細い手を掴《つか》まえて。

告げた。

「あいつに勝てばいいだけだ。——俺たちでな」

「…………………へ？」

◇◆◇◆◇

夜中の冒険者ギルド。俺たちは顔を突き合わせていた。

町の一大事だ。ギルド（の受付ババア）も快くここを貸してくれた。

ここには俺とキキレア、そしてナル、あとテーブルの上に猫ミエリがいた。ジャックにも声をかけようと思ったが、やつはどこかへいったらしい。

「悪いな、ナル。ここまで付き合わせて」

「ううん！　あたしだってキティーのこと、絶対に守らなきゃって思っているし！」

どんと胸を張るナル。

いつの間にそんなに仲良くなったんだか。

彼女を物珍しそうに眺めるのは、キキレアだ。

「ね、ねえ、あなた……前から気になっていたんだけど、もしかしてその弓って、『竜穿』だったりする……？」

「お、よく知っているね！　そうだよ、あたしの宝物！」

「うっわ……すご……」

ほう、有名なんだな。

キキレアは大口を開いていた。

「『竜穿』って、あの伝説の弓でしょ？　あらゆるドラゴン族に五倍撃の特攻があるっていう……。そんな弓を持つ子が、どうしてここで冒険者やっているの？」

「あたしはギガントドラゴンを倒しに来たんだよ。ひとりじゃどうしても勝てなくて、大ピンチになっちゃったんだけど、そんなときにこのマサムネくんが！　あたしを助けてくれたの！　あたしが今ここに生きているのは、マサムネくんのおかげなんだよ！」

ババーンと口で言いながら俺を褒め称《たた》えるナル。

キキレアは目を丸くしていた。

「へ、へえ……そうなの。け、結構、大したもんじゃないの、ふぅーん」

「俺を見直したか」

「妬《ねた》ましい……」

「なんでだ⁉」

キキレアの顔が闇に染まってゆく。

「きっとあなたたちには、華々しい未来があるんでしょうね……。ここからすごく強くなっていくんでしょうね……。私にもそういう時代があったのに、なのに私はなんで今こんな風に……。未来のある若者が妬ましい……」

「お前だって年変わらねえだろ」

「まあ十七歳だけど……」

俺と同い年じゃねえか。

「ナルはいくつだ？」

「あたしは十六歳だよー」

「年下だったのか」

ちょっとした驚きだ。

どうりで幼いわけだ。

そう思ったら、バカっぽい言動も許せなくは……。いや、そんなことはないな。

それはそうとして、キキレアは心配そうな顔をしていた。

「ねえ、本当に倒せるの？　あのギルドラドンを……。言っておくけどあいつ、すごく強いわよ。攻撃力も防御力もトップクラス。素早さは多少劣るけれど。魔力だって高いし、並大抵の攻撃は通用しないわ。私の雷魔法でもなければ……」

だが、今はないんだろう、その魔法は。

ないものに頼っても仕方がない。

「大丈夫だよ、キティー！　ゴブリン退治は失敗したけど、今度はうまくいくよ！」

「不安しかないわ！」

キキレアはぶつぶつと「え、ゴブリン退治失敗？　あれって失敗できるものなの……？　全裸に木の棒だけ持って殴りかかったの……？　どういうことなの……」とつぶやいている。

それはともかく、俺は考えをまとめてゆく。

確かに冒険者としての経歴はまだまだ新米さ。だが、こう見えてもいくつもの修羅場を潜り抜けてきたんだ。

『オンリー・キングダム』のプレイ人口は日本だけでも百万人を超える。そんな中、俺は国内大会を勝ち上がった。そして百万人の頂点にたどり着いたんだ。だったら俺だって、S級冒険者みたいなものだろ。

俺は頭の中でデッキを練る。

手札は、当たらないアーチャーと、低級魔法しか打てないウィッチか。上等じゃねえか。

となると……、決定打《フィニッシャー》はあれだな……。

よし、決まった。これにしよう。

「ナル、キキレア。今から言う作戦をよく聞いてくれ」

――話し始めてから数分後。

ナルは目を輝かせ、キキレアは唖然《あぜん》としていた。

「すごい、すごいよ、マサムネくん！」

「え……それ、本当に実行できるの？」

俺は確信を持ってうなずく。

「できる。俺に任せておけ」

拳《こぶし》を握って立ち上がるナル。

「だったら、明日《あした》から準備をしないと」

「いや、今からだ」

『えっ⁉』

ふたりの声が重なった。

当然だ。一日経つごとにギガントドラゴンが増えるんだろ。

大型クリーチャーを召喚される前に、けりをつける。夜襲だ。

準備が始まり、一同が動き出す。

キキレアやナルが出て行ったその後、柱の陰からひとりの男が姿を見せた。

「……まったく、理解ができないな」

目を細めた銀髪の青年、ジャックだ。

「お前、俺たちの話を聞いていたのかよ」

「ああ、先に断っておくけれど、僕は作戦には参加しないよ。犬死にはごめんだ」

「そうか、ビビりめ」

「……なんとでも呼ぶがいいよ。僕は君のように粗野で粗暴で無謀な男とは違う。こんなところで死ぬわけにはいかないんだ」

ジャックは無表情で、己の拳を見下ろしていた。

俺はため息をつく。

だったらなんで話を聞いていたんだか。

「別にお前が己の命かわいさにキキレアを見捨てようって男でも、構わねえけどさ」

「っ……この僕にそんな言い方を！」

「だったらジャスティス仮面なんて大層な名前は捨てちまえよ」

「………」

俺の言葉を聞いて、ジャックは目を見開いた。

そしてうつむき、ぽつりぽつりと語り出す。

「……この町にやってきて義賊として活動をしようと思ったけれど、勇気が出なくて盗めなかったんだ。それならばと予告状を送りつけて自分自身を追い込んでみたものの、やっぱり怖くて盗みに行けなかった。そんなことを何度も何度も繰り返しているうちに、名前だけが広まっていった。僕は、なにもやっていない」

「ビビりかよ」

「ビビりで悪いか！」

ジャックは俺を思いきり睨《にら》む。

「僕はずっと弱虫だった。兄さんや執事のハンニバルにずっと守ってもらって生きてきたんだ。そんな自分が嫌で、ホープタウンで一からやり直そうと思った矢先にこんな出来事だ。ゴブリン退治のときだって、ナルさんの矢が飛んできて死ぬかと思ったさ！　あんな目はもうごめんだ！　僕はこれ以上、君には付き合えない！」

「お前がなにを言ったところで、どうでもいい」

俺はその抗弁を切り捨てる。

ジャックは青い顔をして口をぱくぱくとした。

「ただ、キキレアはかっこ悪いなら死ぬ方がマシだって言っていた」

「……そんなバカな……」

「ああ。俺もそう言い切るキキレアのことを心の底からバカだと思った。あれほどのバカはナルの他にいないだろうと思っていたが、覆された。この世界はバカの巣窟《そうくつ》だな」

「…………そこまで言うことは」

「聞け。だが俺はどうやら、そんなバカが嫌いじゃないんだ。まったくもって合理的ではないんだけどな」

でもいいさ。俺だって車にはねられそうになった猫を助けてこの世界にやってきたんだ。バカは俺も一緒だ。ミエリに拾われた命なら、思うがままに使ってやる。

俺はジャックの横を通り過ぎた。

「お前のことは気に入らなかった。最初に会ったときから、ずっとな」

「…………」

歩き出したところで、後ろから声がした。

「僕だって、本当は……僕だって……」

◇
◆
◇
◆
◇

そしてすべての準備は済んだ。

夜勤の門番に頭を下げて、俺たちは町を出た。

がっちゃんがっちゃんと音が鳴る。ナルが身に着けている全身鎧《よろい》だ。

「マサムネくーん、これなんなのー。おもいよー、おもいよおー」

「我慢しろ」

うへー、とため息をつき、ナルがヘルメットのフェイスカバーを開く。

だが、俺が即座にがしゃんと下ろした。

「マサムネ、あんたその格好……どういうことなの」

「俺は神だからな」

そして俺は頭から白衣をかぶっていた。ローブだ。その上、頭には花の冠をつけている。

あまりにも怪しいご一行だ。

そりゃ門番も「え……え?」って感じで二度見してくるもんだよ。

「心配するな、お前たち。コントロールさえ任せてくれるなら、俺の作戦はうまくいく。なんたって俺は屑《クズ》カードを使うのに慣れているからな」

微笑みながら親指を突き出すと、皆は不安そうな顔をしていた。

まあいいさ。すぐに俺が正しかったとわかるだろう、お前たちよ。

な、ミエリ。

「にゃぁん……」

なんでお前まで死を覚悟したような目をしているんだ。

◇◆◇◆◇

真夜中である。『轟鳴《ごうめい》のギルドラドン』の野営地は近くの空き地にあった。

欠けた月が輝く下、ギルドラドンは侵入者の気配に気づいて目を覚ましていた。

亜人族たちは真夜中だというのに、せわしなく駆けている。ギガントドラゴン召喚の準備を整えているのだ。

「……ふうむ。なんだ、敵……という雰囲気ではないな」

辺りを見回しながら、怪訝《けげん》そうな顔をして髭《ひげ》を撫《な》でるギルドラドン。

そんなときだ。大将軍の前に現れたのは、白衣の男だった。頭には、花の冠をかぶっている。

「ぬふおあ⁉」

すべてを慈しむような顔をしたその男は、両手を軽く広げていた。

「ギルドラドンよ……。去るのです……」

「な、なんだ貴様は⁉　その格好……、なんて、なんて安っぽい！　まるでそこらへんの布屋で慌てて買ってきたシーツを繫《つな》ぎ合わせてローブっぽく見せかけたようだ！」

「去るのです！　【ピッカラ】！」

「うおう、まぶしい！」

急に目を光らせたその男からわずかに後退する。

ギルドラドンは恐れを抱いていた。なんだこの得体の知れない男は――。

「き、貴様はいったいなんなのだ⁉」

その叫びに――。

男は目を光らせたまま、胸に手を当てて答える。

「私は神……」

「神だと⁉」

ギルドラドンに大きくうなずき、そして両手を広げて言い放った。

「タンポポの神――タン・ポ・ポウ！」

「なんだとおおおおおおおおおおおおお⁉」

ギルドラドンの巨大な叫び声が、夜空を引き裂いたのであった。


敵の野営地のど真ん中に、俺は単独で潜入していた。さすがに足が震えてくる。なにかひとつ間違えたら、命取りだ。

――だが、やりきってみせる。

「タンポポの神、だと……」

そんなギルドラドンの驚愕《きょうがく》の声の残滓《ざんし》が、今も夜の闇に漂っている。

俺はその声が完全に消えないうちに、一枚のカードを発動させた。

「……ああ、そうさ、【タンポポ】！」

ぽいん、と小さな音を立てて出現するタンポポ。

ギルドラドンの目が点になる。

「これは、まさしくタンポポ……となるとお前が、ドレイクの言っていた、タンポポ神か⁉」

「ほう、彼を知っているのだね」

ドレイク……？　ドレイクって誰だったか。

あ、あのトカゲ男か。そんなやついたな。

「タンポポ神が世界をタンポポだらけにする旅を、阻んではならぬ」

「……くっ、確かにドレイクはお前にやられて、生死の境をさまよった挙句、魔王軍をやめて実家に帰ったと聞く……」

あいつそんなことになっていたのか。なんかすまねえな。

でも、おかげでタンポポ神がやりやすくなったぜ。伏線が活きたな（適当）。

「だが神よ！　我らがなにをしたのだ！　我らは人間と争っているのみ！　貴様の行く手を邪魔立てはしない！」

「いかぁぁぁあああああああああん！」

「⁉」

俺の一喝に、ギルドラドンは目を見開いた。

「あの町……ホープタウンは、この私が次にタンポポを植えるためにやってきた場所なのだ。そこを荒らすというのなら、お前も敵になるだろう！　【タンポポ】！」

「な、なんだと……」

足元に生えたタンポポから慌てて飛びのくギルドラドン。まるでそのタンポポが毒の花粉を放っているかのような挙動だ。

身長二メートルを超える武人が、タンポポ神の言葉に揺らいでいる。

俺が言うのもなんだが、――こいつもキキレアやナル並のバカなんじゃないだろうか。

「だが、しかし、それが我ら魔族の務め……しかし、しかし……！　俺様も命は大事だ……！　うぐぐぐぐぐ！」

俺が神であることを全く疑っていないよな。大丈夫なのか。バカドラドン。訪問販売で、高いツボとか買わされてないか。

思い悩むギルドラドンは、頭を抱えていた。

「ぐぐぐぐううううう、それもこれもすべてあの女、キキレアが悪いのだ……！　なぜ俺様がこんなに悩まなければならないのだ！　くそう、なんで神が日常的にこんなところを歩いているのだ！　納得がいかん、納得がいかああああああああああん！」

その叫び声に、亜人族たちがゾロゾロと集まってきた。

ううむ、緊張する。袋叩《ふくろだた》きにされたらおしまいだしな。

ギルドラドンも、頭の回線がパンクしそうだし。これ以上は追い詰められないな。

……そろそろ、潮時かね。

「ならばわかった、ギルドラドンよ！」

「――⁉　なぜ俺様の名を！」

「お前も武人ならば、自らの言葉に従うがいい。【タンポポ】！」

ぴょこんと足元にタンポポが生える。別に意味はない。

「冒険者のパーティーをその力で粉砕し、打倒するのだ！　キキレア・キキをここに呼び寄せてやろうぞ！」

「そ、そんなことができるのか⁉　タン・ポ・ポウ！」

「タンポポの力に不可能はない！」

俺が手を掲げると、周囲の亜人族たちから拍手が巻き起こった。

そうだ、町を破壊するなんて、お前にとっても面倒だろう、ギルドラドン。

冒険者とタイマンで決着をつけられるのなら、それに越したことはあるまい。

さらに俺たちもこの言葉によって――、有象無象の雑魚《ざこ》を無視して、ボスと戦うことができるのだ。誰もキキレアとギルドラドンの『一対一』なんて言ってないしな。くくく。

「しばし待つがいい！」

ターンポポ！　ターンポポ！　の合唱が鳴りやまぬ中、俺は颯爽《さっそう》と茂みに入ってゆく。

しばらくゆくと、そこに隠れているキキレアたちと目が合った。

うなずく。

「準備は済んだ。向かおう」

俺は頭からご機嫌な花の冠をぽいと土に放り、そして普段着に着替える。

そしてバインダを手に召喚し、みんなと歩き出す。

キキレアを先頭に、だ。

彼女の背中はわずかに震えていた。

俺がなにか声をかけるよりも先に、ミエリがそんな彼女の肩にぴょんと飛び乗る。

「にゃん」

「あら……慰めてくれるの？　猫ちゃん」

「あ、いいないいな、ミエリちゃん、キティーに懐いちゃったんだね！」

「……ミエリ？　この子、ミエリっていうの？」

きょとんとした後に、キキレアは微笑む。

「そっか、ミエリちゃん。ミエリちゃん、ね。うん、ありがとね、ミエリちゃん。私、頑張るわ」

そうして俺たちは野営地についた。

先頭に立つキキレアが、腰に手を当てて、叫ぶ。

「来てやったわよ！　ギルドラドン！」

「あ、はい……、って、う、うわぁ！　人間だぁ！」

俺たちを迎えたのは、槍《やり》を抱えた小さなコボルトの兵士だった。犬のような純粋な目を恐怖に染めて、俺たちを見上げている。

……ん？

「ギルドラドンは、どうした」

「だ、だ、大将軍は今、トイレにいったばかりでして……！」

「あ、そ……」

俺たち三人＋猫一匹の前を、乾いた風が吹き抜ける。

夜の闇。人間に怯《おび》えるコボルトは俺たちに向かって、槍を突き出して叫ぶ。

「全軍、突撃ぃいいいいいいいいいいい！」

『えええええええええええええええええええええええええ！』

——この展開は読めなかった！


せっかく俺が！　タンポポ神になって場を調えたというのに！

俺たちは野営地の中で、取り囲まれていた。

このままなし崩し的に戦いが始まるのか……？

そんなことには、させない……！

「いでよおおおお！　【パン】！」

俺たちとコボルトたちの間に、一個のコッペパンが出現する。

やるしかない！

「お前たち！　腹は減っていないか！　俺の力なら、いくらでも無限にパンを作り出すことができる！　どうだ！　このパン使いの作り出したパンは途方もなくおいしいぞ！」

だめだ！　パンが踏み潰《つぶ》された！

突撃とまで言われて、俺の話を聞いたりはしないか！　そうか！

「待てえええええええええええええええい！」

そのとき、叫び声が！

お前は！　俺たちのギルドラドン！　助けに来てくれたんだな！

「勝負を引き受けたのは俺様だ！　貴様たち、俺様の顔に泥を塗る気か！　すぐに槍を収めろ！」

なんて男気にあふれたやつだ……。やばい、少し好きになっちゃいそうだぜ……。

「……ありがとうな、ギルドラドン」

「うむ。……うむ？」

改めて俺たちは武器を構える。

「そのお礼にぶっ殺してやるぜ！　ギルドラドン！」

「お、おう」

ギルドラドンもまた、両腕を広げた。

「俺様は『轟鳴のギルドラドン』！　魔王軍の大将軍にして、七羅将のひとり！　この鍛えつくされた拳《こぶし》と肉体による、最強の格闘技を味わいたい奴はかかってくるがいい！　人間よ！　俺様の無敵の肉体を崩す術《すべ》は貴様たちにはあるはずが――」

なげえ！

「【ホール】！」

「ないのだグワハッハッハよって貴様たちは——うおおおおおおおおお⁉」

よし、落下した。

「ナル、いけ！」

「任せて！」

がしゃんがしゃんと全身鎧《よろい》を揺らしながら走るナル。

だが、その途中で勢いよくナルが転んだ。

「うわああ！　これ、足元が見えないからああ！」

そうこうしている間に、ギルドラドンが落とし穴から跳躍して出てくる。

ええい、さすが大将軍。ドレイクとは違うな。

「キキレア、いくぞ！」

「で、でも私、大した魔法は」

「ファイアーアローでいい！」

「——っ、灼熱《しゃくねつ》の女神よ、その真紅の爪先を！　ファイアーアロー！」

キキレアの手元で魔力が膨らむ。

タイミングを合わせて、俺もバインダを掲げた。

「オンリーカード！　【オイル】！」

銃の形にした俺の指先から黒い油が噴き出した。それはファイアーアローと合わさって、その威力を倍増させながらギルドラドンの顔面に着弾した。

「うおおおお⁉」

よし、タイミングはぴったりだ。

だが、ギルドラドンはそんな魔法をモノともせずに突撃してきた。

まずはこいつだ。【ヘヴィ】！

「むっ、呪縛の類《たぐい》か！　しゃらくさいわ！」

効いてないのか！

俺にギルドラドンの拳が迫る。

しかし――。

「危ない！　ふたりとも！」

体勢を立て直したナルが戻ってきてくれた。

彼女のタックルをまともに浴びて、ギルドラドンは真横に吹っ飛ぶ。

「ほう！　アーマーナイトか！　なかなかの体さばきだ！」

「違うよ！　あたしはアーチャーだよ！」

「なるほど、アーチャーか……え？　アーチャー？　え？」

ギルドラドンが二度見した。

そう。全身鎧を着て、背中にバカでかい弓を背負ったエルフは、間違いなくアーチャーです。

「な、なんの意味があるのかよくわからないが！　この俺様のパンチの前にはすべてが無意味よ！

食らえ！　ギルドラドンナックルぅ！」

その握《にぎ》り拳を一度は避《よ》けるナルだったが、しかし二度目はなかった。

彼女の鎧の上から、強烈な拳が叩《たた》きつけられる。凄《すさ》まじい音が響いた。

「な、ナルルース！」

キキレアが叫ぶ。

だが——。ナルはけろっとしていた。

「乾坤一擲《けんこんいってき》！　盛者必衰！　我が弓に貫けぬモノ、なーし！」

その場で弓を立てて構えるナル。

——そう、かつてこいつは生身でギガントドラゴンに叩き潰されて、それでも傷一つなかった頑丈な体の持ち主なのだ。

『竜穿』を引くことができるナルの身体能力《フイジカル》は、バカみたいに高い。

どうせ遠距離から弓が当たらないなら、いっそのこと鎧を着せて接近戦をさせればいいのだ。

それが俺の屑《クズ》カードを操る上での、第一のコンボ。

「ぐぬう！　至近距離からの弓か、考えたな！　この距離では避けることはまず不可能か！」

ギルドラドンは慌てて飛びのいた。あっ、やばい。

直後、ナルは矢を放つ。

ねじ曲がった軌道を描く矢は、俺たちの戦いを見守っていたコボルトの大群の中心にどっかーん！　と突き刺さった。

その距離では当てることはまず不可能なんだよな……。

泣きそうな顔でこっちを見つめるコボルトたちに、ナルは慌てて手を振る。

「ああっ！　あたし！　そんなつもりじゃ！」

「――貴様ぁ！　卑怯《ひきょう》だぞ！　我が部下たちは関係がないだろう！」

「そんなつもりじゃないのー‼」

「そうだぞナル！　お前が血に飢えているのはわかっているが今は真面目にやれ！　手加減をして勝てるような相手じゃないんだぞ！」

「なんでマサムネくんまでそんなこと言うの⁉」

決まっているだろ！　お前が屑カードだって悟られるわけにはいかないんだよ！

そして、ナルがギルドラドンの動きを止めているからこそ――。

「ファイアーアロー！」

「【オイル】！」

「ぐおっ⁉」

炎に包まれ、ギルドラドンは大きく後退をした。

よし、この調子だ。このままなら、いける。

前衛がアーチャー、そして後衛が俺とウィッチというちょっと意味不明な布陣でも、十分に戦えるぞ。

戦術がうまくハマれば、どんな大型クリーチャー相手にだって、屑カードで戦えるんだ！

俺はそう思っていた。

しかし――。

「なるほど、そういうことか……。ならば俺様も、本気を出さなければならないだろう……」

そう言い、ギルドラドンは両手の拳を重ね合わせた。

いったいなにをやるのか、こいつは――。

そう思った次の瞬間だ。

「まずは貴様からだ！」

ギルドラドンは真っ先にナルに向かって駆け出してゆく。

しかし、拳の一撃をなんてことない顔で耐えたナルだ。自信満々に弓を構えて、ギルドラドンを迎え撃つ。

「かかってくるんだね！　あたしは金城鉄壁！　キミの鉄拳《てっけん》制裁なんかに破られるようなものじゃな――」

ギルドラドンは鈍重なナルを持ち上げた。

そしてそのまま、遥《はる》か彼方《かなた》に――。

「そおおおおおおおおおおい！」

「えええええええええええええええ！」

投げ飛ばされたああああああああ。

肩を回しながら、不敵な笑みでこちらを見やるギルドラドン。

「さあて、貴様たちの盾がいなくなったたな」

こ、こいつ、なんて卑怯な奴だ——!

緻密《ちみつ》な作戦だからこそ、たったひとつの予想外のアクシデントで崩壊してゆくものだ。

俺とキキレアは後ずさりする。

「あ、あんた、まだまだ打つ手はあるんでしょ……?」

「……あるとも」

さて、どうかな。ここから先は、賭《か》けになる。

俺は賭けを好まない。なぜだか知らんが、俺の賭けは抜群に勝率が低いからだ。

だが、やるしかないんだろうな。

このままじゃ勝てる確率は、ゼロパーセントだ。

「いくぞ、【レイズアップ——】」

「フンッ!」

ギルドラドンが思いきり地面を殴りつけると、ぐらついた俺の手元からバインダがこぼれる。

——しまった。

再び手元に呼び寄せたときには、ギルドラドンが目の前にいた。

「グワッハッハッハ! 貴様の不思議な術はその本を使うのだろう! ならば、これでどうだ!」

このままじゃ、殴られて死ぬ。

うおおおお、輝け俺の【ラッセル】!

慌てて間一髪でかわした。

だがその拳の風圧だけで、俺は数メートルも吹き飛ばされた。

なんだこいつ、やべえな……。

拳圧で、シャツが切れている。

今さらながら凄まじい相手と戦っているんだという恐怖が、背筋《せすじ》をのぼってゆく。

くっそう。俺は本当にこいつに、勝てるのか……？

死のイメージが頭の中につきまとう。

そんなときだ、キキレアが俺の前に立った。

「もうやめて！　ギルドラドン！　あなたの相手は私のはずでしょう！　ここから先は私が一対一で戦うわ！」

おい、待て。なにを衝動的に叫んでいる。

そんな話はしていなかっただろう。

「だからこの人たちは見逃してよ！　いいじゃない、ギルドラドン！　あなたは戦士でしょ！」

「ほほう」

ギルドラドンは感心したように声をあげた。

ふざけるな、そんな話はしていない。

キキレアは俺に振り返って、ひきつった顔で笑う。

「ありがとね……。あんたの作ったパン、おいしかったわ。たった一日だけの縁で、ここまで付き合ってくれて、本当にありがとうございます。立派な冒険者になってね」

「……」

俺は拳を握り締める。

そうだ、確かにたった一日だけの縁だ。

ゴブリン退治の帰りにこいつを拾って、ただそれだけだ。

命など懸ける理由はない、な。

どんなに判断材料をかき集めても、ここが潮時だと告げてくる。

どうすればいい。どうすればいいんだ。

考えることをやめるな、マサムネ。

だがここまで手駒が少なければ――。

――と、そのときだった。

次に引くカードに祈りを込めるような気持ちで目を見開いた俺の前、銀色の風が薙《な》いだ。

「――ッ！」

「ムッ――」

とっさにガードをしたギルドラドンの右腕から血が噴き出す。

ギルドラドンは驚きに目を見張った。

「――俺様の皮を斬り裂くとは！　それは！　ギガントドラゴンの骨で作った剣か！　やはり貴様たちがギガントドラゴンを退治したのだな！」

「ふん」

ジャックがギルドラドンの前に立ちはだかっていた。

こいつは左手にいつもの短剣を、そして右手に持っているのは——来る気があるならあれを持って来いと告げていた、作りかけのドラゴンボーンソードであった。

ジャックは身を屈《かが》め、油断なくギルドラドンを睨《にら》みつけている。

「大切な己の尊厳を守るために全力を尽くさないというのなら、それは愚か者の言い分だ。そうだろう？　魔王七羅将のひとり、『轟鳴《ごうめい》のギルドラドン』！」

ジャックは一瞬だけ、ちらりと俺を見た。

そこには不機嫌の色がある。だがわずかに口元が緩んでいた。

この野郎。

こんなにいい場面で現れるなんて、マジで気に入らねえな！

諦《あきら》めかけた俺の魂の炎が再び燃え盛る。

この瞬間の一秒一秒が、たまらない。

俺はこの手札で勝つ。

大事な俺のカードたちで、だ！

「よし、ジャック、時間を稼げ！」

「君風情が僕に命令するんじゃない！　僕は僕の名誉のために戦うんだ！」

「なんでもいいさ、その間にいくぞキキレア！」

「う、うん！」

ギルドラドンの拳《こぶし》を低い体勢で避《よ》けるジャックは、返す剣で腹を裂いた。わずかに血が飛ぶ。

よし、【レイズアップ】の大盤振る舞いだ。

俺がバインダを掲げた、そのときだった。

バインダの中から、光が溢《あふ》れた——。


『異界の覇王よ——。其方《そなた》の仲間を想う心に、新たなる力が覚醒《めざ》めるであろう』


誰が仲間を想う心だ、誰が。

キキレアを助けようと思ったのは、タダで魔法を教えてもらうためだ。だから、それ以上でもそれ以下でもない。勘違いするな。

ったく——だが、もらえるモンはありがたくもらっておくよ。

「なんだこの凄《すさ》まじい魔力は——!?　ぐっ」

ギルドラドンがよそ見をした瞬間、その頬に赤い線が走る。

ジャック、頑張っているな。今にも逃げ出しそうな、青い顔をしやがってさ。

だったら、俺もやるしかない。

バインダは自動的にそのページを開く。

灰色だったカードが色づいた。鮮やかな発色はひとつの絵柄を作り出す。

ああ、そうか。

これなら、――知っている。

「キキレア。俺の合図に合わせて、ファイアーアローを使え。掛け声は、オープンだ」

「わかったわ！」

俺はバインダから【オイル】と、そして【スクリュー】を取り出した。

二枚のカードを片手に持ち、さらにもう一枚のカードを引き抜く。

今手に入れたばかりの俺の力。

放つぜ。

「オープン！　オンリーカード！」

「っ、ファイアーアロー！」

火の矢が軌道を描く。

ここからだ。

なにかを察知したジャックが大きく飛びのいた。

野営地の中央にはギルドラドンただひとり。

「先ほどからそのような低級魔法ばかり！　この俺様を愚弄《ぐろう》しているのか、キキレア――！」

腰だめに構えたギルドラドンに向けて、俺はカードを発動させる。

全身から魔力が吸い取られる。目の前が暗くなってきた。

だが、まだだ。まだ気絶するわけにはいかない。耐えるんだ。

——よし。

「いけ！　これが俺の決定技《フィニッシャー》だ！」

——ここに【レイズアップ】も、乗せる！

「【レイズアップ・『ダブル』・オイル＆スクリュー】！」

四枚のカードが同時に光を発しながら宙に浮かび、ひし形のような形を作った。

直後、その中央から大量の黒い液体がジェットのように噴射される。

それは凄まじい速度でファイアーアローを包み込み、そしてその炎を数倍、いや——数十倍にまで膨れ上がらせた。

ファイアーアローなんてもんじゃない。もはやそれは不死鳥のような火力だ。

炎に照らされたギルドラドンが間抜けな声をあげる。

「ぬあ？」

「お前ら伏せろ！」

ギルドラドンの顔面に吸い込まれた次の瞬間、炎が炸裂する。

辺りを吹き飛ばすような巨大な爆発が巻き起こった。

炎の風は周囲をなぎ倒し、さらにコボルトたちを吹き飛ばしてゆく。

召喚術の準備も、テントも、根こそぎ飛ばされていった。

——【ダブル】。

それはふたつのカードを一枚に融合する力を持つ、『オンリー・キングダム』のカードであった。

「……や、やったのかい？」

「ジャック、それを言うな！」

「え？」

黒煙が晴れると、焼け焦げた魔族の体が見えた。

――だが、やっぱり生きてやがる。

「貴様たち……、まさか、最後にあんな切り札を用意しているとは、ぬかったわ……」

ギルドラドンの目は怒りに燃えていた。

まさか、今のでもダメなのか……。

「キキレア、貴様は雷魔法だけの使い手だと思っていたが、まさかあのような高等の火魔法を使いこなすとはな……」

「えっ？　あっ、ああ、そ、そうね！」

なにが、そうね、だよ。

くっそ。

俺はその場に尻餅《しりもち》をついていた。

もう魔力がすっからかんだ。できて、あと一枚のカードが使えるかどうか、か。

今のが本当に切り札だったんだけどな。

だが歩こうとして、ギルドラドンもまた、その場にひざまずいた。

いや、効いているんだ、確かに。

それでもまだこいつは、なにかを隠し持っているような顔をしている。

いったいいなんだっていうんだ……。

そこに——。

『おおおおい！　お前たちいいいいいいいいいい！』

「……ん？」

皆が振り向いた。

そこには、全身鎧《よろい》を着たナルを先頭に、大量の冒険者たちがいた！

お、お前たち。どうしてここに。

「俺たちはギガントドラゴンにどうすることもできなかった！」

「だから、今度こそ自分たちの町は、自分たちで守ろうって思ってね！」

「S級冒険者さまだけに任せちゃダメだからー！」

「さあ、かかってこい、魔王軍め！　俺たちの兄貴のゴルムさんが相手になるぜ！」

「俺かよ⁉」

ああ、魔力の枯渇で頭がガンガン鳴る。

しかし、すげえ数の冒険者がいるな。百人ぐらいいるんじゃないだろうか。これだけの数の冒険者がいれば、さすがにもう大丈夫だろう。

ギルドラドンは今にも倒れそうだ。

そう楽観視したいところだがな——。

ギルドラドンはまだ笑っているんだ。嫌な予感がする。

「俺様にこの手を使わせるとはな！　相手の数が増えれば増えるほど、好都合！　この魔王七羅将のひとり、『轟鳴のギルドラドン』の名の意味をとくと味わうがいい——！」

こいつは両手を広げた。

まずい——。

「——大範囲魔法が来るのか！」

『えええええええええええええええええええ』

みんなが叫んだ。

蜘蛛《くも》の子を散らすように逃げてゆく。

——だが、ギルドラドンはもう詠唱に入っていた。

「脈々と受け継がれし聖なる鉄槌《てつつい》！　この世のあらゆる魔を滅し、灰燼《かいじん》と化せ、穢《けが》れなき雷！　此《こ》処《こ》に！　我が腕《かいな》に出でよ！」

やべえ、すげえ強そう。

キキレアが目を見張る。

「あの魔法は！」

『え』

「発動すればこの一帯が消し飛ぶわよ！」

『えええええええ！』

冒険者たちの絶叫が真夜中の森を揺らす。

――いや。

そんな中ただひとり、俺は迷わず立ち上がった。

俺の目には見えていたのだ。

「にゃあ！」と叫ぶ猫ミエリのゴーサインが。

わかっている。任せろ、ミエリ。

「今から走っても呪文の阻止は間に合わない！」

ジャックが叫ぶ。そんなことは知っている。

「剣を貸してくれ！」

「っ」

ジャックが放り投げたドラゴンボーンソードを掴《つか》む。

「マサムネ！」

「マサムネくん！」

ふたりの叫びが俺を加速させる。

俺はドラゴンボーンソードを握り締めたまま、ギルドラドンに向かって走り――

そして、ギルドラドンは森中に響き渡るような怒鳴り声をあげた。

「これが俺様の奥の手だ！　――インディグネイション!!!!」

その指先は、俺たちを差して止まる。

——大丈夫だ。

それは発動しない！

「——え⁉」

ギルドラドンは己の手のひらを見下ろした。

「なぜ⁉　なぜだ！　俺様の、この『轟鳴《ごうめい》』の名を持つ俺様の雷魔法が、発動しない⁉　ばかな！　なぜだ！　毎日ミエリさまにお祈りも捧《ささ》げているのに！　どうして！」

もうこの世界にミエリの加護は届かない。

あいつは——猫になっちまったからな！

「今度は俺のターンだ、ギルドラドン！」

「ぐ——⁉」

右手に構えたドラゴンボーンソードを思いっきり引き、そして突き出す。

俺の膂力《りょりょく》では、こいつの腹を突き破ることはできない。

だが——。

「オープン！　オンリーカード！」

さらにカードを握り締めた左手を、その柄《つか》に思いっきり押し込んだ。

次の瞬間、手のひらの中のカードがまるでガラスが砕け散るようにして光の粒と化して——発動する。

【スクリュー】によって回転しながら前進した剣は、零距離でギルドラドンの腹を——。

——突き破る。

「ジエンドだ、ギルドラドン」

——俺たちの勝利だ。


「俺様は、もともと、魔法使いで……。体を鍛えるために毎日、腕立て伏せを続けていったんだ……。その結果、ここまで強くなって……だが、だからといって、魔法が使えなくなっては意味がないではないか……」

雷魔法信仰の悲しき犠牲者が、ここにもいた。

腹に大穴を空けたギルドラドンが横たわりながらつぶやいている。

そうか、お前頑張ってすごいマッチョになったんだな……。

すべてはミエリを恨むがいい。

コボルトや他の亜人族たちは、大将軍がやられたことで、あっさりと逃げ出した。

乱戦になったところで、これだけの冒険者がいたら勝てたかもしれないが。

だが、こちらに被害がなくてよかった。

ギルドラドンはうめく。

「不思議な力を使う貴様よ……。その力は、いずれ魔王さまを脅かすであろう……。だが、覚悟しておけ。我らが七羅将、そうやすやすと負けはせんぞ……」

「……あ、ああ」

ギルドラドン。知能指数はともかく、強かったな。

その言葉を最期に、がたっと崩れ落ちるギルドラドン。

次の瞬間――。

その体から三つの光があふれて、俺のバインダに収まった。

「お……。」

新たなるカードが、三つも同時に手に入ったか。

さすが魔王軍の強敵だな。

いやはや。【ダブル】と【レイズアップ】の同時使用はキツかった。

「マサムネ」

「ん」

俺に、キキレアが手を伸ばした。

その目はなぜだか潤んでいて、真っ赤に染まっている。

「本当にありがとう、マサムネ」

「いやあ」

俺は頭をかいて、そっぽを向いた。

妙に気恥ずかしい。

別に、大したことをしたつもりはないが。

胸の奥がふわふわしている。

だから――。

「気にするな。――すべて俺の予定通りになっただけだ」

俺はそう言って、そして大の字に寝転がる。

その直後、抱きついてきたアーマーアーチャー・ナルの重みで俺は潰《つぶ》された。

この異世界に転移してきて、一番死を覚悟した瞬間だったな……。

◇◆◇◆◇

翌々日、改めてキキレアに魔法を教わろうとした俺は、しかしすぐに呆《あき》れられた。

「あんた、だめかも……すごく、魔法の才能ないかも……。こんなに才能がない人、見たことないかも……これはさすがに妬《ねた》ましくないわね……」

「なんだと！」

あれほどがんばったのに⁉

なんてことだ……。

俺の夢が、一個潰されてしまった。

床に寝転んでいた白猫が「にゃあー」とまるで小馬鹿にするような声で鳴くのを聞きながら、俺はどんどんとテーブルを叩《たた》く。

――ちくしょう、魔王討伐が遠すぎるだろ！

もしあなたが『異世界』に行ったら、なにをしますか?

そこは夢と希望にあふれた、剣と魔法のファンタジー世界です。剣士になるもよし。魔法使いになるもよし。あるいは騎士や商人、宿屋の主人、それに冒険者ギルドで管《くだ》を巻きながら、やってきた新人に「ぎゃははは！　あいつミルクなんて頼んでやがるぜ！」とはやし立てる役にだってなれます。そしてなんかめっちゃ強い新人にボコられたりします。異世界はとてもたくさんの可能性にあふれておりますね。

そんな異世界を舞台にしたこのお話。表向きには、高校生の少年が異世界へ旅立って、そうして大活躍をするという王道で直球ど真ん中のファンタジーとなっております。

ただひとつだけ違うことがあるとすれば、主人公の『藤《ふじ》井《い》正宗《まさむね》』くんが、とびっきりのゲス系主人公だってことですね！

魔王を倒すために旅立ったはずの主人公マサムネくんは、しかしあっちへふらふら、こっちへふらふら、己のやりたいことや欲望を満たすために異世界を満喫します。お金が入ったらぐーたらごろごろし、気の合う仲間（?）たちとどんちゃん騒ぎを繰り広げながら、なんだかんだでドラゴンなどを倒し、世界の命運を決定づける戦いに巻き込まれたりします。

その活躍劇は等身大なのか斜め上なのか、わたしにもよくわかりませんが、ともあれ毎日楽しそうに過ごしてゆくマサムネくんと愉快な仲間たちの冒険は、これこそが『俺たちのクエスト』と叫びたくなる感じになったらいいな、と思っております。

改めましてごきげんよう、みかみてれんです。

このたびは『俺たちのクエスト』をお手に取っていただいて、誠にありがとうございます。余談ですがこのタイトルに決まるまでに実に様々な案をひねり出させていただきました。わたしのお気に入りは『たんぽぽクエスト』だったのですが、あまりにも牧歌的過ぎるのと、ドラゴンクエストが最終的にドラゴンを倒す話なら、たんぽぽクエストはタンポポを撃滅させる話と取られるのでは……、という不安感が脳裏をよぎるまでもなく一蹴《いっしゅう》されました。

それでは謝辞を。今回快くイラストを引き受けてくださった佐々木《ささき》あかねさん、誠にありがとうございます。まるで魂を吹き込むように、生き生きとしたキャラクターを描いてくださいました。編集Sさん、このお話を作品にしていただいて、本当に感謝しています。このお礼はいつかタンポポで……。

また、この本を作るためにかかわってくださった多くの方々。さらに普段からわたしを支えてくださる各作家方。小説家になろうさんで応援してくださる方々。ツイッターでよく遊んでくださっている方々。そしてこれから支えてくださる方々に、改めて感謝を！　『俺たちのクエスト』はまだ始まったばかりだー。みかみてれんでした！

お便りはこちらまで

〒102－8584
カドカワBOOKS編集部　気付
みかみてれん（様）宛
佐々木あかね（様）宛

カドカワBOOKS

俺《おれ》たちのクエスト
～クズカード無双《むそう》で異世界《いせかい》成《な》り上《あ》がり～

平成28年2月15日　初版発行

著者／みかみてれん

発行者／三坂泰二

発行／株式会社KADOKAWA
http://www.kadokawa.co.jp/

〒102-8177
東京都千代田区富士見2-13-3
電話／03-3238-8521（カスタマーサポート）
03-5216-8538（編集）

印刷所／大日本印刷

製本所／大日本印刷

Printed in Japan
ISBN 978-4-04-103941-0 C0093

新文芸宣言

かつて「知」と「美」は特権階級の所有物でした。

15世紀、グーテンベルクが発明した活版印刷技術は、特権階級から「知」と「美」を解放し、ルネサンスや宗教改革を導きました。市民革命や産業革命も、大衆に「知」と「美」が広まらなければ起こりえませんでした。人間は、本を読むことにより、自由と平等を獲得していったのです。

21世紀、インターネット技術により、第二の「知」と「美」の解放が起こりました。一部の選ばれた才能を持つ者だけが文章や絵、映像を発表できる時代は終わり、誰もがネット上で自己表現を出来る時代がやってきました。

UGC（ユーザージェネレイテッドコンテンツ）の波は、今世界を席巻しています。UGCから生まれた小説は、一般大衆からの批評を取り込みながら内容を充実させて行きます。受け手と送り手の情報の交換によって、UGCは量的な評価を獲得し、爆発的にその数を増やしているのです。

こうしたUGCから生まれた小説群を、私たちは「新文芸」と名付けました。

新文芸は、インターネットによる新しい「知」と「美」の形です。

2015年10月10日
井上伸一郎